KRIMI

Windspiel
Verlag
Scharbeutz

www.windspiel-verlag.de

Handlungen und Personen sämtlicher Kurzgeschichten sind frei erfunden. Ähnlichkeiten mit lebenden oder toten Personen sind rein zufällig und nicht beabsichtigt.

HAMBURG

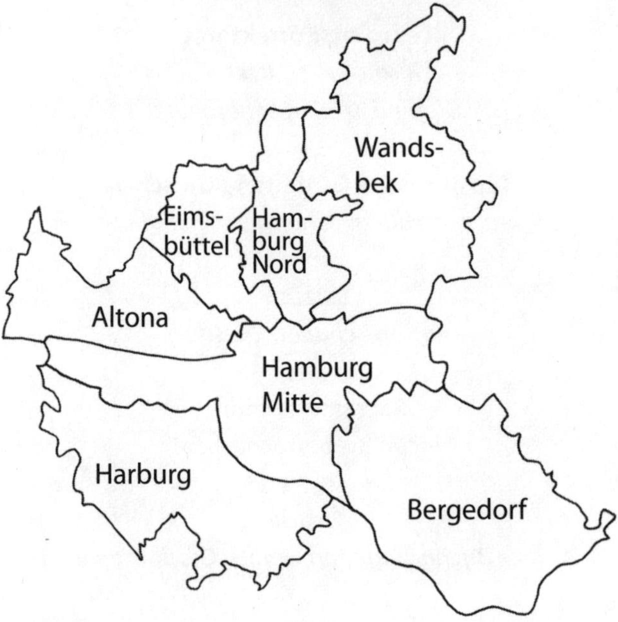
Wands-
bek
Eims-
büttel
Ham-
burg
Nord
Altona
Hamburg
Mitte
Harburg
Bergedorf

Impressum

Lektorat/Korrektorat

Birgit Rentz, Itzehoe

Dietlind Kreber, Scharbeutz

Künstlerische Gestaltung Umschlag

x-act.werbung, Scharbeutz/Klingberg

Skizzen

Karina Schaper, Bliesdorf

Satz und Technik

Martin Kreber, Scharbeutz

Druck

AAlexx Buchproduktion GmbH, Großburgwedel

ISBN

978-3-9813966-5-2

Krimineller Reiseführer

Hrsg. Dietlind Kreber

Band 3

Hamburg

INHALT

Vorwort 8

Tod im Karoviertel Hamburg-Mitte
Gunter Gerlach 12

Nachtdienst
Walter M. Dobrow 26

Neander-Taler
Norbert Klugmann 38

Hinterhalt am Hinterdeich
Eva Almstädt 57

Für alle Fälle
Klaudia Jeske 70

Aug' um Auge, Mord um Mord Altona
Ellen Balsewitsch-Oldach 81

Tod im Roth
Dirk-Uwe Becker 91

Besetzungscouch Eimsbüttel
Angelika Waitschies 105

Habgier in Harvestehude	Eimsbüttel	
Monika Buttler		**117**
Samtkrimi oder:		
Mord im Literaturhaus	Hamburg-Nord	
Regula Venske		**131**
City Nord		
Stephanie Fleischer		**142**
Durchschnitts-Rasur		
Walter M. Dobrow		**153**
Er will doch nur spielen	Wandsbek	
Britta Heitmann		**165**
Fischzug mit Oldtimer	Bergedorf	
Jürgen Rath		**176**
Die Bergedorfer Wachsleiche		
Günther Thömmes		**191**
Schatz auf dem Falkenberg	Harburg	
Jürgen Ehlers		**209**
Die Autoren stellen sich vor		**223**
Platz für Ihre Notizen		**229**

Vorwort

Sie möchten Hamburg kennenlernen? Neu erkunden? Und lieben Krimis?

Dann ist dieses Buch genau das richtige für Sie. Ob zu Hause, in der U-Bahn oder im Café: Es gibt immer eine gute Gelegenheit, in einem unserer Kurzkrimis neue Seiten von Hamburg zu entdecken.

Und wer könnte Ihnen dabei besser zur Seite stehen als ortskundige Hamburger Autoren, die die sieben Stadtbezirke der Metropolstadt, ihre Schönheit und Abgründe täglich vor Augen haben? Folgen Sie ihnen zu den Sehenwürdigkeiten der Stadt und tauchen Sie ein in die Welt des Verbrechens.

Besuchen Sie die Reeperbahn, lernen Sie das Karoviertel kennen, lassen Sie sich vom Stadtteil Blankenese verzaubern. Mit Gänsehaut und einem wohligen Schauer des Entsetzens oder einem Schmunzeln im Gesicht.

Alles ist möglich!

Und wem das nicht genug ist, der kann anhand unserer Tatortskizzen den Spuren der Täter folgen. Versehen mit Zeichnungen ist dieser „kriminelle“ Reiseführer mehr als nur eine Leseerlebnis.

Eine gute Reise wünscht Ihnen
im Namen des Autorenteams

Dietlind Kreber

Die sieben Stadtbezirke und ihre Stadtteile

Hamburg-Mitte - 19 Stadtteile:
Hamburg-Altstadt, Billbrook, Billstedt, Borgfelde, Finkenwerder, HafenCity, Hamm, Hammerbrook, Horn, Kleiner Grasbrook, Neustadt, Neuwerk (Exklave), Rothenburgsort, St. Georg, St. Pauli, Steinwerder, Veddel, Waltershof und Wilhelmsburg

Altona - 14 Stadtteile:
Altona-Altstadt, Altona-Nord, Bahrenfeld, Blankenese, Groß Flottbek, Iserbrook, Lurup, Nienstedten, Osdorf, Othmarschen, Ottensen, Rissen, Sternschanze, Sülldorf

Eimsbüttel - 9 Stadtteile:
Eidelstedt, Eimsbüttel, Harvestehude, Hoheluft-West, Lokstedt, Niendorf, Rotherbaum, Schnelsen, Stellingen

Hamburg-Nord - 13 Stadtteile:
Alsterdorf, Barmbek-Nord, Barmbek-Süd, Dulsberg, Eppendorf, Fuhlsbüttel, Groß Borstel, Hohenfelde, Hoheluft-Ost, Langenhorn, Ohlsdorf, Uhlenhorst, Winterhude

Wandsbek - 18 Stadtteile:
Bergstedt, Bramfeld, Duvenstedt, Eilbek, Farmsen-Berne, Hummelsbüttel, Jenfeld, Lemsahl-Mellingstedt, Marienthal, Poppenbüttel, Rahlstedt, Sasel, Steilshoop, Tonndorf, Volksdorf, Wandsbek, Wellingsbüttel, Wohldorf-Ohlstedt

Bergedorf - 14 Stadtteile:
Allermöhe, Altengamme, Bergedorf, Billwerder, Curslack, Kirchwerder, Lohbrügge, Moorfleet, Neuallermöhe, Neuengamme, Ochsenwerder, Reitbrook, Spadenland, Tatenberg

Harburg - 17 Stadtteile:
Altenwerder, Cranz, Eißendorf, Francop, Gut Moor, Harburg, Hausbruch, Heimfeld, Langenbek, Marmstorf, Moorburg, Neuenfelde, Neugraben-Fischbek, Neuland, Rönneburg, Sinstorf, Wilstorf

Hamburg-Mitte

Der Bezirk Hamburg Mitte hat eine Fläche von 142,2 qm, und ca. 281.500 Einwohner. Die 19 Stadtteile des Bezirks sind vielfältig, einige spektakulär, und geprägt durch ihre Nähe zu Alster und Elbe: In der Hamburger Altstadt findet man alte Kontorhäuser an den Fleeten, Kirchen, kulturelle Gebäude sowie gute Einkaufsmöglichkeiten, zum Beispiel rund um den Jungfernstieg.

Im Süden befindet sich der Lagerhauskomplex der Speicherstadt, auf dessen Speicherböden heute neben Tee und Gewürzen z. B. auch eine große Miniatureisenbahn zu bestaunen ist. Hinter der Speicherstadt liegt die eigentliche Hafencity mit der im Bau befindlichen Elbphilharmonie. Von den Landungsbrücken aus starten Hafenrundfahrten, man kann die Rickmer Richmers und die Cap San Diego besuchen und durch den alten Elbtunnel gehen.

Der berühmt-berüchtigte Stadtteil St.Pauli gehört ebenfalls zum Bezirk Mitte. Südlich der Elbe liegen das ländlich geprägte Finkenwerder mit dem Airbus-Werksgelände und Waltershof mit seinen Hafenanlagen. Östlich davon schließen sich die Veddel, Wilhelmsburg und Rothenburgsort, ein Stadtteil, der auch der etwas andere Elbvorort genannt wird, an. Nicht weit davon entfernt findet man die Stadtteile Hamm, Hammerbrook, Horn, Billstedt, Billbrook und Borgfelde, das an das quirlige St. Georg grenzt, das wiederum an der Alster liegt. Eine Besonderheit des Bezirks Mitte sind die Inseln Neuwerk, Scharhörn und Nigehörn, die sich in der Elbmündung in der Nordsee befinden, ca. 100 km vom Hamburger Stadtzentrum entfernt.

HAMBURG-MITTE

KAROLINENVIERTEL

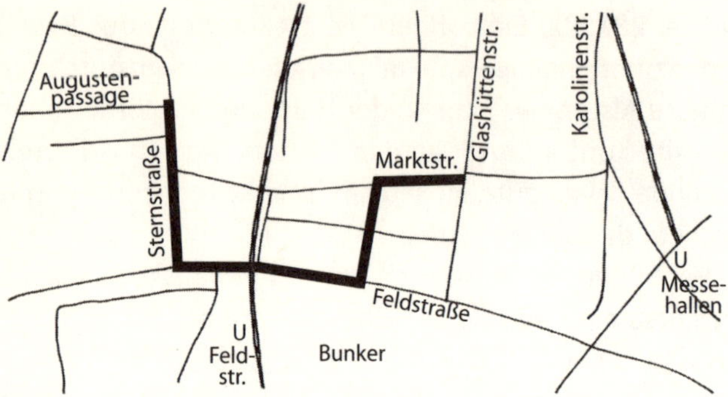

Tod im Karoviertel

Rufe nicht um Hilfe, es könnte die Polizei kommen

Gunter Gerlach

Fred hörte eine Stimme. Seit Jahren. Das Einzige, was dagegen half, war Alkohol. Den ersten Schluck am Tage versuchte er, so lange wie möglich hinauszuzögern, den letzten trank er weit nach Mitternacht in der Ideal-Bar.

Er verließ die Bar an der Kreuzung Glashüttenstraße und Marktstraße. Die Stimme war im Alkohol ertrunken. Es herrschte Ruhe in seinem Kopf. Nur die Nachtluft versuchte ihn umzuwerfen. Er umklammerte für eine Sekunde die Mauerkante am Ausgang, atmete tief ein, um ein Gleichgewicht zwischen dem Inneren und dem Äußeren seines Körpers herzustellen. Wenn es ihm gelang, sein Bett zu erreichen, bevor die Wirkung des Alkohols nachließ, dann würde er einschlafen können und erst am nächsten Morgen wieder die Stimme hören.

Er wankte die Marktstraße entlang und sah einen Müllsack am Kantstein dicht an den parkenden Autos liegen. Beim Näherkommen wurde aus dem Sack ein Mensch, wahrscheinlich betrunken. Es war Lennard. Eines seiner Beine lag unter dem parkenden Wagen. Fred stieß ihn mit dem Fuß an, beugte sich herab. Lennard hatte ein Loch im Hinterkopf. Er war tot. Der Alkohol in Fred brachte ein Kichern zustande. Die Stimme in seinem Kopf sagte leise: „Fred hat ihn entdeckt. Wahrscheinlich geht er weiter."

„Lennard, Mensch, steh auf!", sagte er laut.

Fred richtete sich auf, sah aus Richtung der alten Rinderschlachthalle ein Paar heraufkommen. Der Mann mit Zopf und die Frau mit blonden Stacheln. Matz und Jenny. Lennard wohnte mit den beiden zusammen. In Freds Kopf begann es zu flüstern, Satzfetzen, die sich überlagerten:

„Ich will das nicht."

„Sie trinkt zu viel."

„Vor unserem Haus."

„Betrunkener Seehund."

„Mit Jenny schlafen."

„Fred, was ist los?"

„Auch vollkommen betrunken."

„An dieser Stelle riecht es immer nach Schimmel."

„Immer verdirbt er es mir."

„Das ist doch Lennard."

„Die Rechnung war zu hoch."

„Ist das Lennard?"

„Geht jetzt nicht mehr."

„Fred, der alte Igel, kann wieder nicht schlafen."

„Verrückter Hund."

„Hört Stimmen."

„Es würde mich nicht wundern, wenn Lennard wegen einer Wette aus dem Fenster gesprungen ist."

Fred legte beide Hände an die Ohren und presste sich den Schädel zusammen. „Er ist tot", sagte die Stimme. Fred öffnete seine Ohren.

"Wir müssen die Polizei holen", sagte Jenny.

„Wir wohnen im Karoviertel, hier holt niemand die Polizei, eher bauen wir Barrikaden", sagte Matz.

Damals, als im Karoviertel die Barrikaden gebrannt hatten, hatte er sich schon mit blanker Brust und roter Fahne den Bullen entgegengestellt.

„Wer um Hilfe ruft, muss damit rechnen, dass die Polizei kommt", sagte Matz. Ein Zitat der „Drei Tornados", das bis vor ein paar Jahren noch auf einer Hauswand gestanden hatte.

„Aber er ist tot", sagte Fred.

„Wenn er wirklich tot ist, dann eilt es nicht." Fred war sich nicht sicher, ob das jemand geflüstert hatte oder es die Stimme in seinem Kopf gewesen war.

„Mehr Licht", sagte die Stimme. Fred wusste, dass das Goethes letzte Worte gewesen sein sollten. Er entfernte sich, aus dem Flüstern in seinem Kopf wurde ein Blätterrauschen. Daniels blank geschorener Schädel leuchtete auf der anderen Straßenseite. Er kam über die Straße.

„Ist er wirklich tot?"

„Du bist der Medizinstudent."

Für einen Moment verwandelte sich Daniel in der Dunkelheit in einen jungen Elefanten, noch unsicher auf den Beinen, der Arm sah aus wie der Rüssel. Dann ging er in die Knie und wurde zur Raubkatze, die in ihr Opfer beißen wollte.

Er rollte Lennard auf den Rücken. „Schon länger tot."

„Wie lange?", fragte Matz.

„Zwei bis vier Stunden." Er richtet sich wieder auf. „Offener Schädelbruch."

„Müsste dann hier nicht mehr Blut sein?"

„Vielleicht in den nächsten Gully gelaufen." Daniel hob die Schultern.

„Oder mit letzter Kraft hierher gekrochen", sagte Matz.

Daniel lachte. „Guck dir das mal an." Er zeigte auf das Loch in Lennards Schädel.

„Ermordet?", fragte Jenny. Sie war bis in den Hauseingang zurückgewichen.

„Baseballschläger", sagte Daniel. „Ist doch klar!"

Matz überzeugte alle: Man wolle auch sonst keine Polizei im Viertel, da könne man sie auch jetzt nicht rufen. Jenny stieg in die Wohnung hinauf. Sie öffnete eines der Fenster und rief hinunter: „Alles verriegelt. Von hier ist er nicht gesprungen. Und keine Kampfspuren."

„Danke, Mister Holmes." Matz winkte und forderte, sie solle mit einer Taschenlampe zurückkommen. Sie kam und beide suchten in jede Richtung den Fußweg und die Straße nach Blutspuren ab. Nichts.

„Man muss ihn hierher geschafft haben."

Zwei Männer kamen vom Schlachthofgelände und trugen einen Kasten Bier. „Bier für alle", rief Daniel. Er bezahlte die beiden. „Wir machen eine Mords-Party."

Zwei Nachbarn kamen hinzu und Matz teilte alle Umstehenden ein, in die üblichen Kneipen zu laufen, um herauszufinden, ob jemand Lennard an diesem Abend gesehen hatte – und mit wem.

Matz blieb zurück, setzte sich auf den Bierkasten und rieb sich das Gesicht.

Fred schlenderte zu ihm. „In zwei Stunden wird's hell, dann gehen hier viele vorbei."

„Wir decken ihn mit einer Plane ab."

„Wir brauchen Hilfe. Wie wäre es mit Brahms? Er steht am Hamburger Berg hinter dem Tresen von Hannas Bar und ..."

„Der Sohn von diesem Kaffee-König?"

„Ja, aber er ist Detektiv. Halb Mensch, halb Hund."

„So sieht er auch aus."

„Seine Instinkte funktionieren."

Brahms kam mit dem Fahrrad und begrüßte Fred. „Hörst du immer noch Stimmen?"

Fred nickte. „Eine nur. Manchmal kann ich sie ignorieren."

„Bedroht sie dich, befiehlt sie dir etwas?"

„Nichts. Das ist es ja. Sonst wäre die Diagnose eindeutig: Schizophrenie."

„Wie wäre es mit Tinnitus?“

„Auch negativ. Denn gerade wenn ich allein bin, höre ich nichts.“

„Und wie erklärst du es dir?“

„Ich glaube, ich bin von Außerirdischen entführt worden, und die haben mir einen Empfänger implantiert, der wahllos Gesprächsfetzen überträgt.“

Fred beobachte, wie Brahms sich über die Leiche beugte. Im Schattenriss zog sich dessen Gesicht lang, die Nase streckte sich, er bekam die Kontur eines Wolfes. „Hat den schon jemand angefasst?“, knurrte er.

„Klar. Daniel sagt ...“

„Daniel?“

„Der Medizinstudent. Er sagt, Schädel mit dem Baseballschläger eingeschlagen.“

Brahms zog sein Handy aus der Tasche leuchtete damit. Er winkte Fred heran. „Was ist das?“

Lennards Fingerkuppen waren grau und wund.

„Er hat versucht, sich festzuhalten. Aber wo?“

„Könnte ein Unfall gewesen sein“, hörte Fred in seinem Kopf. „Aber warum hat man ihn dann hierher geschafft?“

„Weißt du, was ich glaube? Ich höre einfach meine Gedanken, als wäre es eine Stimme.“ Er erzählte Brahms, was die Stimme gesagt hatte.

„Also doch verrückt.“

Brahms sah an der Fassade des Hauses hinauf. „Hier war es nicht.“

Er roch an den Fingern der Leiche.

„Ich kenne Lennard. Was hatte er für Wetten laufen?“

„Die letzte hat er gewonnen. Fünfzig Euro. Das war, im fließenden Verkehr über alle sechs Fahrspuren am Neuen Pferdemarkt zu laufen."

„Gegen wen?"

„Gegen mich. Er war schneller."

„Ich habe auch mal gegen ihn verloren." Daniel kam von der ihm zugeteilten Tour zurück. „Lennard mogelte. Seine angeblich so spontanen Wetten wurden vorher von ihm ausgetüftelt und trainiert. Wir saßen zum Beispiel vor dem Feldstern und sahen gegenüber den steinernen Bullen auf der Mauer. Da sagte Lennard plötzlich: ‚Wollen wir wetten, wer am schnellsten auf dem Rücken des Bullen sitzt? Einzige Hilfsmittel sind Bierdeckel.'"

„Und?", fragte Brahms.

„Ich bin ein Freeclimber, trainiere am Bunker hinter der Roten Flora. Ich sah die Spalten in der Mauer und war

sicher, ich gewinne. Es ging um einen Hunderter."

„Und?"

„Ich habe verloren, der Typ hatte das trainiert. Er

wusste genau, in welche Ritzen er die Bierdeckel stecken musste, um genug Halt zu haben. Es war Betrug."

„Er war auch Freeclimber?"

Fred ging rückwärts, presste sich wieder die Handflächen gegen die Schläfen.

„Was ist?" Brahms winkte ihn heran.

Fred wedelte mit einer Hand und sog Luft durch die Zähne ein. „Es ist gerade fruchtbar was los in meinem Kopf."

„Übrigens", fuhr Daniel fort. „Ich war im Yoko Mono, im Karo-Eck, im Feldstern und auf der anderen Seite in der Schanze im Zoe 2 und Zoe 3. Dort ist Lennard heute nicht gewesen. Im Yoko konnten sie es nicht beschwören, war zu viel los."

Die anderen kamen nach und nach ebenfalls zurück. Lennard war an den letzten drei Abenden nirgends gesehen worden. Im Saal II am Schulterblatt hatte jemand Lennard vor Tagen für eine Wette zwei Akkuschrauber geliehen. Die Wette sollte über zwei Nächte gehen.

Brahms sah Fred an. „Du weißt es, nicht wahr?"

Fred zog ihn ein Stück mit sich, sie gingen um die Ecke in die Turnerstraße.

„Der Bunker", sagte Fred.

Brahms nickte. „Ich habe es an seinen Fingerkuppen gerochen. Die wenigsten wissen es, der Bunker hat einen typischen Geruch. Und woher wusstest du es?"

„Das war in meinem Kopf."

„Ich glaube, ich hab eine Ahnung, was da in deinem Kopf los ist. Aber was mich am meisten interessiert: Wann hast du Lennards Leiche gefunden?“

„Gegen zwei Uhr, schätze ich.“

„Wieso steht dann einer in Hannas Bar, so gegen ein Uhr, und erzählt mir was von einer Leiche im Karoviertel.“

„Wer war es denn?“

„Dieser Markus, du weißt schon. Er zieht jeden Abend gegen Mitternacht durch die Kneipen. War etwa eine Stunde früher als üblich bei mir.“

„Stimmt, der fängt am Schulterblatt an, dann klappert er die Örtlichkeiten in der Wohlwillstraße ab und am Ende landet er am Hamburger Berg.“

„Wenn er es also gewusst hat, bevor er losging ... hatte er ein ziemlich exklusives Wissen ...“

Sie hatten die Feldstraße erreicht, warteten eine Lücke im Verkehr ab und liefen hinüber.

Sie gingen am Bunker entlang und betrachteten die Wände.

„Etwa zwanzigtausend Menschen suchten im Krieg darin Schutz. Die hatten sogar Überdruck da drinnen, wegen möglicher Gasangriffe“, erzählte Fred.

„Aber es war vor allem ein Flakturm.“

„Klar, dreieinhalb Meter dicke Wände, die Decke sogar fünf Meter dick. Da kam keine Bombe durch.“

„Eine Herausforderung für Freeclimber“, sagte Brahms.

Fred schüttelte den Kopf. „Geht gar nicht ohne Ausrüstung. Irgendwo müssen die Haken und Ösen für die Seile sein, oder die Löcher dafür.“

„Deshalb die beiden Akkuschrauber.“

„Und deshalb zwei Tage.“

„Zwei Nächte. Tagsüber hätte man sie entdeckt und runtergeholt."

Fred legte eine Hand an die Wand. „Beton ist keine Butter."

Im Einschnitt an der Rückseite entdeckten sie die Stifte in der Wand. Zwei Zickzacklinien mit dem Abstand von zwei Metern. Darunter waren ein paar Holzpaletten gestapelt. Sie trugen die Paletten zur Seite und entdeckten das Blut.

„Was machen wir jetzt?", fragte Fred.

Brahms schnaufte und rieb sich das Kinn. „Keine Ahnung."

„Warum haben sie ihn hier nicht liegen gelassen."

„Jemand befürchtete, es würde herauskommen, was er getan hat."

„Was denn?"

Brahms zeigte die Stifte hinauf, die weiter oben zu Ösen wurden. In der linken Reihe fehlten zwei.

„Ich gehe davon aus, das Lennard die linke Seite hinaufgeklettert ist. Sie haben gestern angefangen und sind fast bis nach oben gekommen. Und Lennard hat es ein Stück höher geschafft. Heute wollten sie den Dachüberstand überwinden, das ist die größte Schwierigkeit, aber schon beim Aufsteigen haben sich zwei von Lennards Ösen aus der Wand gelöst. Gerade so viel, um ihn noch auf den Boden prallen zu lassen. Ein Sturz von etwa sechs Metern Höhe. Das genügt."

Sie gingen beide zurück bis an die Umzäunung des Bunkers, lehnten sich dagegen und sahen hinauf.

Fred dachte an ein Raumschiff. Die gelben Lampenstrahlen am unteren Rand waren die Raketenstrahlen. „Alle Düsen volle Kraft“, befahl er. Aber das Raumschiff hob nicht ab. „Wir schaffen es nicht, die Erde zu verlassen. Der Rückweg ist abgeschnitten.“

„Ja“, sagte Brahms. „Wir müssen hierbleiben und unsere Probleme selbst lösen. Aber der Bunker ist kein Raumschiff, sondern eher eine Zeitmaschine.“

Sie gingen langsam zurück, ohne den Blick von der Wand abzuwenden. Teilweise rankte sich rotes Laub auf dem Beton.

„Erinnerst du dich an die Außerirdischen, die dich gefangen nahmen?“, fragte Brahms.

Fred lachte. „Wenn es doch nur so gewesen wäre.“

„Lass uns ein Experiment machen. Bleib stehen! Hörst du jetzt irgendetwas in deinem Kopf?“

„Nein. Die Spurensuche hat mich auch abgelenkt.“

„Dann horche jetzt in dich hinein!“

„Hör auf. Ich weiß, was du willst.“ Fred bedeckte mit seinen Händen das Gesicht.

„Und?“, fragte Brahms.

‚Die Erdbeer-Marmelade ist vergiftet‘, hat die Stimme gesagt. Sag ich doch, es macht keinen Sinn, sondern nervt nur.“

„Hör noch mal!“

„Nein. Ich will nicht.“

„Du hast eben diesen Satz gehört, weil ich ihn vorher gedacht habe! Du kannst ...“

„Hör auf damit! Ich will das nicht wissen.“ Fred wischte mit beiden Händen zur Seite, was Brahms sagen wollte.

„Du weißt längst, welche Fähigkeit du hast, nicht wahr?“

„Es hilft mir nichts, selbst wenn ich Gedanken anderer Menschen hören könnte. Niemand denkt in ganzen Sätzen. Ich werde mit Bruchstücken bombardiert. Und das Schlimmste, ich weiß ja nicht, von wem es kommt. Die Stimme ist immer dieselbe. Die Charakteristik des Sprechens fehlt. Außerdem verweigere ich mich. Was wird denn dann aus mir? Ein Monster. Glaubst du, auch nur eine Frau will noch was mit mir zu tun haben, wenn sie befürchten muss, ich könne ihre Gedanken lesen?“

Brahms fing Freds Arme ein, hielt sie an den Handgelenken fest.

„Du musst es trainieren, damit es dir nützt. Und vor allem darfst du es niemandem verraten.“

„Du bist der Einzige, der es weiß.“ Freds Muskeln erschlafften. Brahms ließ ihn los. Die Hände fielen herab.

„Pass auf. Ich denke jetzt den Satz: Die Frösche müssen gebraten werden und ...“

„Nein“, schrie Fred und schüttelte den Kopf. „Lass mich. So geht es eben genau nicht! Es ist dann so, als hätte ich den Satz gedacht. Ich sage doch, ich kann meist nicht unterscheiden zwischen meinen Gedanken und denen anderer.“ Er wendete sich ab. „Verfluchter Mist, ich will das loswerden und nicht trainieren! Und wehe, du sagst irgendjemandem etwas!“

Sie gingen schweigend nebeneinander her, verlängerten den Weg die Feldstraße entlang und nutzen erst den Überweg bei der U-Bahn. Dann marschierten sie in die

Marktstraße und Fred versuchte, schneller zu gehen, Brahms hinter sich zu lassen. Bei der kleinen Parkanlage blieb er stehen, wendete sich um und sagte: „Ist ja gut. Ich hab verstanden. Ich dachte, mir wäre der Bunker selbst eingefallen."

„Wer stand dir am nächsten, als du den Gedankensplitter von dem Bunker empfingst?"

„Ich glaube Daniel, der Mediziner."

Bei der Leiche standen nur noch Matz und Daniel.

„Wir halten es für das Beste, Lennards Leiche aus dem Viertel zu schaffen. Dann kann sich die Polizei drum kümmern", sagte Daniel.

„Und es sind dann endgültig so viele Spuren vorhanden, dass keine mehr zu dir und dem Bunker führt", ergänzte Brahms. „Du bist mit ihm an der hinteren Wand hochgeklettert. Eine Wette."

„Quatsch."

„Es gibt einen Zeugen, Markus. Weil es über zwei Tage ging, habt ihr ihn als Schiedsrichter genommen. Er dokumentierte, wie weit ihr in der ersten Nacht gekommen seid. Damit keiner mogelt."

„Ja, gut. Er ist dort abgestürzt. Er war zu schnell, seine Bohrungen nicht fest genug. Und er hat wie immer betrogen, er wusste vorher, wo man leichter in den Beton kam. Es war ein Unfall. Er stürzte hinab und lief davon."

„Mit einem offenen Schädelbruch?"

Daniel fuhr sich mit beiden Händen durch das Haar. Fred stand hinter ihm und schüttelte den Kopf.

„Du warst es", sagte Brahms, „du hast seine Haken

gelockert!“

Daniel schwieg.

„Einen Haken hat er gelockert“, sagte Fred. „Der zweite, der Lennard vor dem Aufprall auf dem Boden bewahrt hätte, riss durch die doppelte Belastung beim Sturz aus der Wand.“

„Du hast es gesehen!“ Daniel drehte sich mit offenem Mund zu Fred.

Fred nickte. „Gesehen. Ja, kann man so sagen.“

Brahms sah Matz an. „Was jetzt?“

„Keine Polizei. Ich informiere Rolf aus der Glashüttenstraße. Er muss den Vorsitz in unserem Gerichtsverfahren übernehmen. Morgen Abend im Feldstern.“

„Und wenn der abhaut?“ Brahms deutete mit dem Daumen auf Daniel.

„Wenn er abhaut, ist er raus aus unserem Viertel, dann informieren wir die Polizei.“

Brahms schnaufte. „Ich schlage vor ...“

Fred zog ihn zur Seite. „Das ist schon in Ordnung“, sagte er leise. „Wir kümmern uns um die Leiche. Und der kriegt seine Strafe. So was machen wir nicht zum ersten Mal hier.“

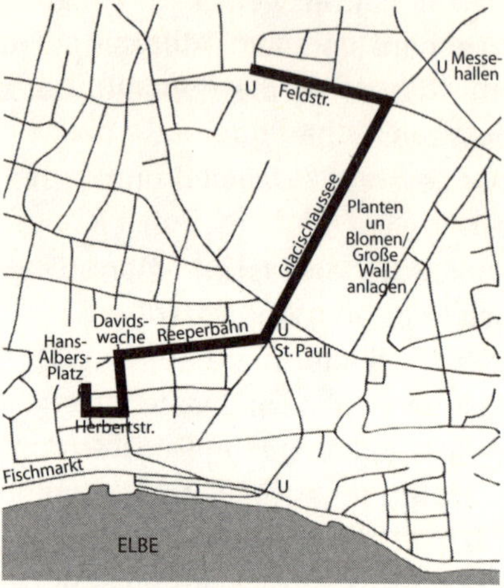

Nachtdienst

Walter M. Dobrow

„Ich geh dann mal“, sagte Gisela Rüschwein zu ihrem Mann Heinz.

Er hing sozusagen auf dem Sofa. Seine normale Sitzhaltung eben. Seit all den Jahren – nun fast fünfundzwanzig –, die sie verheiratet waren. Im Guten wie im Bösen.

„Hmm“, brummte er zurück, ohne den Blick vom Fernseher zu lösen, in dem „DAS“ lief.

Heute durfte sich da ein abgehalfterter Schriftsteller seines neuesten Werkes rühmen. Gisela seufzte und ging. Es waren nur einige hundert Meter bis zur U-Bahn-Station

Niendorf Nord. Ihr kleines Reihenhaus lag in einer ruhigen Seitenstraße im ohnehin ruhigen nördlichsten Stadtteil Hamburgs.

Alles bürgerlich und „schön“ eben.

Gisela hing während der fast halbstündigen Fahrt ihren Gedanken nach. Siebzehn Jahre hatte die gelernte Altenpflegerin in ihrem Beruf gearbeitet und dann ... Dann hatten sie der Geldmangel und der Zufall in eine neue, ganz andere Karriere geschleust. Heinz hatte sie das nie gesagt. Bewahre! Er glaubte immer noch, dass sie im Altenheim Lokstedt arbeitete.

Sie musste unwillkürlich grinsen. So unähnlich war ihr neuer Beruf dem bisherigen nicht. Ihre Kunden waren größtenteils ältere Herren, jedenfalls zunehmend, und ihrem eigenen Alter entsprechend. Sie stieg immer an der Station Feldstraße aus und genoss den Spaziergang zu ihrem Arbeitsplatz, der Herbertstraße.

Diesmal herrschte viel Gedränge in und um die U-Bahn-Station, denn es war „Dom“ auf dem Heiligengeistfeld. Volksfest. Früher waren sie und Heinz jedes Mal dort ihre „Würstchen, Bier und Mutzenmandel“-Runde gegangen. Sie schniefte. Heinz war ein „Couch-Potato“ geworden. Nix mehr los mit ihm, auch nicht im Bett ... Vielleicht hatte sie auch deshalb ...

Auch die kleinen Straßen, die auf die Reeperbahn zuführten, waren schon gut gefüllt. Aber auch, wenn sie am Ende ihrer Schicht, so gegen fünf Uhr, und im Winter hier entlangging, nie hatte sie sich unsicher gefühlt. Sie überquerte die Reeperbahn und bog in die Davidstraße ein, an deren Ecke die berühmte Polizeiwache lag. Hier

standanden schon jede Menge Mädchen. Jung, aufreizend geschminkt und trotz der Kälte in kurzen Röcken ... Gisela – Gisa für ihre Freunde – beneidete sie nicht. Klar, sie bekamen ungefähr das Doppelte von dem, was sie noch nehmen konnte, aber dafür froren sie auch. Und außerdem ...

Die Herbertstraße war zur Davidstraße hin mit einem kleinen Holzzaun abgeschottet, der nur einen kleinen Zugang freiließ. Frauen hatten keinen Zutritt, es sei denn, sie arbeiteten hier. Und das tat Gisa. An der Wand lehnte Holger, ein Ex Boxer, der hier für „Ruhe“ zuständig war.

„Moin Gisa“, sagte er, obwohl es Abend war.

Sie lächelte ihn an und nickte. „Hallo Holgi. Schon was los heute?“

„Noch ziemlich mau ...“, antwortete er. „Haste ’ne Fluppe?“

Gisa kramte in ihrer Tasche und förderte eine Schachtel Zigaretten zu Tage. Die hatte sie nur für Holgi. Sie selbst rauchte nicht.

„Schöne Schicht“, sagte er.

Gisa betrat ihren Arbeitsplatz. Das dritte Haus in der

bei Tageslicht recht schäbigen Reihe. Jetzt, im Licht der schummerigen und rötlichen Beleuchtung, wirkte es fast gemütlich. Gisa nickte ihren Kolleginnen, die in den Fenstern saßen, zu und Heike winkte zurück. Heike war letzte Woche fünfundvierzig geworden und trug im Moment nur Netzstrümpfe.

Das hier war eben die Herbertstraße, wo es alles gab und wo jeder fand, was er suchte. Lack und Leder, jede Art von Rollenspiel und eben solche wie Heike und Gisa, die ihr wahres Alter trugen und erstaunlichen Zuspruch nicht nur bei älteren Männern und Ausländern fanden. Gerade gestern hatte Gisa einen bestimmt erst sechzehnjährigen Kunden gehabt, der seinen ersten Versuch mit gespartem Taschengeld finanziert hatte.

Warum er gerade sie gewählt hatte? Gisa kannte das. Bei „hübschen" und jungen Frauen hatten die „Rekruten", wie sie die Novizen nannte, Hemmungen, mitunter sogar Ladehemmung. Gisa machte so was Spaß. Fast ein bisschen Sozialarbeit, dachte sie. Das Hinterzimmer, in dem ihr Spind stand, war kalt. Sie zog sich schnell aus und streifte ihren roten Spitzenslip über, ihre Arbeitskluft für heute. Noch die rote Federboa um den Hals – und los.

„Ablösung, Grit", sagte sie und die Angesprochene, eine attraktive rothaarige Frau in einem Body, legte ihre „Frau im Spiegel" weg und stand auf.

„Gute Geschäfte", wünschte sie und war froh, dass Feierabend war.

Sechs Freier. Nicht gut, aber auch nicht zu wenig. Alfred, der Chef, konnte sich nicht beklagen. Gisa nahm im Schaufenster Platz und setzte sich breitbeinig in Positur.

Nach zehn Minuten klopfte der Erste, ein Stammkunde namens Memmet, an die Scheibe und Gisa ging an die Arbeit.

Gero Andersen machte sein Hobby großen Spaß. Tagsüber Beamter der Stadtverwaltung, schlüpfte er am Abend in die Rolle des Fremdenführers. Vor Jahren hatte sich der kleine Verein gegründet, dessen Ziel es war, Fremden bei geführten Rundgängen die Schönheiten und Zwielichtigkeiten des Kiezes nahezubringen.

Er stand am Ausgang der U-Bahn-Haltestelle Reeperbahn und hielt einen Besenstiel in den Händen, an dessen Spitze eine Matrosenmütze befestigt war. „Matrosenmützen und Netzstrümpfe“, so wurde dieser etwa zweistündige Rundgang beworben. Bald hatte Gero etwa fünfzehn Leute um sich versammelt, die ihm die zehn Euro, die ausdrücklich als Spende an den Verein deklariert wurden, überreichten.

„Ich glaube, es kommt niemand mehr. Let’s go“, sagte er.

Gero war einer der wenigen Mitglieder des Vereins, der fließend englisch sprach. Das war heute nötig, denn es waren fünf japanische Touristen in der Gruppe.

„Wir gehen erst mal durch die Bernhard-Nocht-Straße zum Hafen runter und dann ins Rotlicht-Viertel. We first proceed through the Harbour Area and then to the Reeperbahn, to the girls!“, sagte er und eine der Japanerinnen kicherte.

Die Japanerinnen und Japaner kicherten immer, das wusste Gero. Er nahm sich vor, ihnen etwas zu bieten, was sonst nicht auf der Tour lag.

„Komm schon, Harald", drängte Gottfried Ahrens seinen Kollegen.

Harald Mertens hätte lieber eine andere Form der Weihnachtsfeier gehabt. Schön gemütlich in einem Lokal mit gutem Essen und so ... Typisch Gottfried, das hier, dachte er. Na ja, nachher würde es noch in die „Ständige Vertretung" zum Essen gehen. Er zog sich den Schal enger um den Hals und folgte der Gruppe. Nach und nach gefiel es ihm dann aber doch.

Sie besuchten ein erotisches Museum, wo wiederum die Japanerinnen kichernd vor den Vitrinen stehen blieben, in denen historische Sexspielzeuge ausgestellt waren. Gerade lachten sie laut auf und Harald vermutete, dass sie die Größe eines hölzernen Dildos mit den Originalen ihrer eher kleinwüchsigen Männer verglichen.

Überall auf der Reeperbahn leuchtete Weihnachtsdeko. Einige der leichten Mädchen trugen Weihnachtsmann-Mützen und weiße Strumpfbänder mit Glöckchen. Dann gab's ein Bier in einer urigen Seemanns-Kaschemme, in die Gero Andersen seine Gäste vertragsgemäß schleuste. Wieder auf der Straße, versammelte er die Gruppe um sich.

„Wir sind nun fast am Ende unserer Tour. Weil Sie so nette Leute sind, gibt's heute einen schnellen Gang durch die Herbertstraße. Das ist sonst nicht erlaubt, besonders wegen der Frauen ..., aber mein Freund Holgi hat da heute Dienst als Security-Mann und lässt uns ausnahmsweise durch. Bleiben Sie bitte zusammen. Und wenn's geht, bleiben Sie bitte im Hintergrund, meine Damen. Die Frauen, die da arbeiten, mögen keine so hübsche Konkurrenz."

Er grinste, die Leute lachten und die Japaner sahen ihn verständnislos an, bis er es ihnen auf Englisch erklärt hatte, was wiederum einer der Herren nochmals auf schnellem Japanisch verdeutlichte. Die drei Japanerinnen kicherten wieder.

„Hallo Holgi, da wären wir", sagte Gero, als sie die Herbertstraße durch den engen Durchlass betraten.

„Aber zack, zack durch", knurrte der Boxer, den die meisten der Gruppe ehrfürchtig musterten.

„Guck dir mal die Muckis an", flüsterte Gottfried Harald zu und wies verstohlen auf Holgis Muskelpakete.

„Also mir nach!", kommandierte Gero und setzte sich in Bewegung.

Schon nach zehn Metern riss Heike ihr Fenster auf und keifte: „Was soll 'n das, Holgi? Schmeiß die Tussen raus!"

Pfiffe kamen aus anderen Fenstern. Gisa erhob sich und wollte „Raus hier oder wir schnappen uns eure Männer!" brüllen, aber der Satz blieb ihr im Halse stecken. Da stand Harald Mertens und starrte sie an. Harald Mertens, der das Reihenhaus neben ihrem bewohnte und mit dem sie Streit wegen ihres Carports hatte …

Harald stand wie angewurzelt da und starrte sie an. Die rote Federboa schwang vom Wind über ihre längst der Schwerkraft erlegenen Brüste, der Bauch …, der enge Slip, aus dem hier und da Schamhaare lugten …

„Frau Rüschwein …", stammelte er. „Was machen Sie denn …, ich meine … So was …"

„Kommen Sie?", rief Gero Andersen. Harald wandte sich ab und lief verwirrt der Gruppe nach.

„Scheiße, Scheiße, Scheiße“, jammerte Gisa.

„Was iss'n?“, fragte Holgi, der näher kam.

„Ein Nachbar. Hat mich erkannt“, stammelte Gisa, der die Tränen in den Augen standen, denn das war klar: Soeben hatte ihr bisheriges Leben geendet. Mertens würde es Heinz erzählen und dann ...

Holgi schüttelte den Kopf. Er konnte diese Weiber nicht verstehen, die hier arbeiteten und gleichzeitig ein Doppelleben im bürgerlichen Milieu führten. Das hier war sein Zuhause und es war doch okay, oder? Trotzdem, er mochte Gisa und versuchte, sie aufzuheitern.

„Wird schon gut gehen. Mach weiter.“

Er schlurfte zurück an sein Tor, nahm sich aber vor, nie wieder so eine Touri-Gruppe hier durchzulassen. Gisa musste erst mal zur Toilette, wo sie Heike traf, die gerade Pause machte.

„Schöner Scheiß“, sagte die. „Kannste mit dem Typen reden? Ich mein, vielleicht sagt er nix.“

Gisa schüttelte langsam den Kopf. „Der wird das genüsslich in der Nachbarschaft verkünden. Ich bin erledigt. Musste ja mal so kommen.“

Tatsächlich war ihr schon oft mulmig gewesen bei dem Gedanken, jemand aus ihrem Bekanntenkreis könnte als Kunde hierher kommen. Sie hatte sich dann immer damit beruhigt, das der dann ja auch zugeben müsste, dass er hier verkehrte, aber das entfiel bei diesem Mertens, der ja mit dieser blöden Rundganggruppe zufällig hier reingeraten war.

„Dieser bescheuerte Holgi“, heulte sie los, und es kostete Heike ihre ganze Pause, ihre Lieblingskollegin zu beruhigen. Gisa war durch den Wind und der nächste Kunde beschwerte sich lautstark.

„Kann ich ja gleich 'n Astloch f..., so wie du da liegst!"

Noch fünf Stunden ... Was sollte sie nur tun?

Harald war nicht bei der Sache. Die fünfte Runde Kölsch in der „Vertretung". Das Essen hatte er kaum berührt.

„Was ist denn mit dir los? Haben dich die Damen in der Herbertstraße geschockt?", fragte ihn Gottfried und ahnte nicht, wie nahe er der Wahrheit kam.

„Hier, noch 'ne Runde Schnaps!", verkündete der Chef und versicherte seiner Belegschaft, was für ein tolles Team sie doch waren.

Harald trank und musste rülpsen.

Gottfried hieb ihm auf den Rücken. „So ist's richtig, Alter. Sauf und genieß das Leben!"

„Sag mal", sagte Harald, „hast du schon mal ... ich meine, warst du schon mal im Puff?"

Gottfried stutzte, lachte dann aber. Er hatte schon ziemlich viel getrunken. „Sag bloß, du nicht?", fragte er zurück. „Klar. Früher, bevor ich Hedy kennengelernt habe ... Jede Woche. Prost!"

Die nächste Runde war serviert worden und sie tranken auf Ex. Gottfried erzählte noch ein bisschen aus den „alten Zeiten" und Harald kam es nach einer Weile und drei weiteren Schnäpsen vor, als wenn er da was Großartiges verpasst hatte in seinem Leben.

Sie wurden buchstäblich rausgekehrt, denn das Lokal schloss. Die meisten nahmen grüppchenweise Taxis. Nach Niendorf wollte sonst keiner und so blieb Harald allein zurück. In seinem Kopf arbeitete es und dann setzten sich seine Beine fast automatisch und einem eigenen Willen folgend in Bewegung.

Gisas Kopf zuckte hoch. Kaum noch Männer unterwegs und sie war auf ihrem Stuhl eingenickt. Der Heizlüfter neben ihr summte und es war warm. Sie war von einem Klopfen an der Scheibe aufgeschreckt und jetzt klopfte es wieder. Ihr Mund öffnete sich und sie wollte schreien.

Da stand dieser Mertens!

Er schwankte und sie sah, dass er betrunken war. Sie öffnete zögernd die Scheibe und sah, dass Holgi misstrauisch herübersah.

„Ich ... will mal ...", brachte Harald stockend heraus.

Gisa zögerte, fasste dann aber einen Entschluss. Sie kannte Mertens' Frau und wenn sie ihn jetzt ... Er würde das Maul halten müssen. Sie brachte ihn nach hinten und half ihm beim Ausziehen. Er blieb in einem Hosenbein stecken und fiel hin.

Gisa half ihm aufs Bett. Sie war Profi und versuchte einiges, aber nichts ging mehr bei Harald. Er wurde immer wütender. Auf sich und auf diese Schlampe, die sich an ihm zu schaffen machte.

„Werd morgen deinem Heinz sagen, was du hier so treibst", knurrte er und stieß ihre Hand weg.

Und dann saß Gisa auf ihm und zog an den Enden der Federboa, die sie um seinen Hals geschlungen hatte. Sie zog und zog und spürte unter sich, dass sich das bisher reglose Körperteil aufrichtete. Dann kippte sein Kopf zur Seite und Gisa ließ, von beiden Reaktionen überrascht, die Enden der Boa los.

Minutenlang blieb sie auf Harald sitzen, unfähig zu begreifen, was da geschehen war. Dann stand sie auf, zog sich einen Bademantel über und holte Heike.

„Guck dir den an", sagte Hans Werner zu seinem Kollegen, der gerade scheppernd eine Mülltonne, die er in den Müllwagen entleert hatte, auf den Asphalt knallte. Er nickte mit dem Kopf in Richtung Hans-Albers-Platz.

Ein ziemlich stämmiger Weihnachtsmann in vollem Kostüm zog einen hölzernen Bollerwagen, auf dem ein großer, mit Geschenkband verschnürter Jutesack lag, hinter sich her. Es war kalt und der Kollege hatte keinen Sinn für so etwas.
„Hilf mir lieber!", schimpfte er.

Der große Weihnachtsbaum war erst vor ein paar Tagen als Spende der Geschäftswelt dort aufgestellt worden. Die elektrischen Kerzen brannten noch. Erst bei Dämmerung in ein paar Stunden würden sie automatisch erlöschen. Der Weihnachtsmann stellte den Bollerwagen neben ein paar großen Deko-Plastik-Geschenkpaketen vor der Tanne ab. Dann entfernte sich der Weihnachtsmann unauffällig.

Holgi streifte sich in einem Hauseingang das Kostüm ab und stopfte es im Vorbeigehen in einen Mülleimer, den Hans Werner und sein Kollege kurz danach leerten. Als er zurückkam, gab Gisa ihm wortlos einen Kuss und die ganze Schachtel Zigaretten.

Um halb sieben schloss sie die Tür des Reihenhauses in der Thüreystraße auf. Heinz knurrte aus der Küche.

„Bist aber heute spät dran, muss gleich los. Wie war der Nachdienst?“

„Nichts Besonderes. Einer ist gestorben“, sagte Gisa und legte die Brötchentüte auf den Tisch.

HAMBURG-MITTE
MÜNZVIERTEL

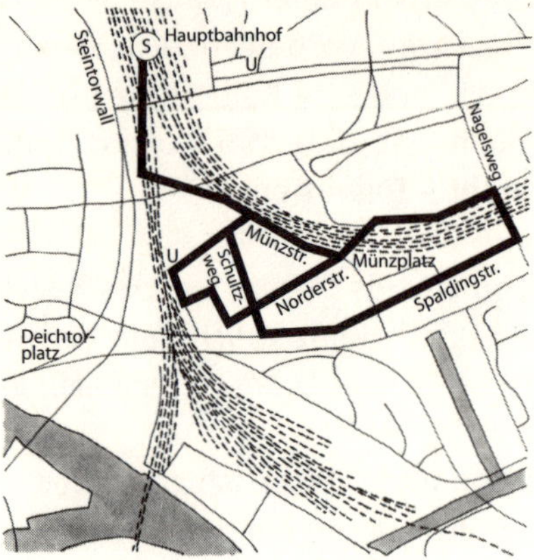

Neander-Taler

Norbert Klugmann

„Fahrkartenkontrolle! Stellen Sie sich mit dem Gesicht zur Wand, Beine gespreizt!"

Der junge Kerl lachte, seine Unverschämtheit verstand er wohl als vertrauensbildende Maßnahme.

Widerstrebend erhob sich Stefanie vom Sitz und sagte: „Hier ist keine Wand."

Der ältere Begleiter des Kontrolleurs tauchte auf. „Wir gehen jetzt alle schön friedlich raus", ordnete er an.

„Sie wissen doch gar nicht, ob wir eine Fahrkarte haben!", regte sich Stefanie auf.

Der Kontrolleur trat einen Schritt zurück, damit die zwei Schwarzfahrer das Abteil verlassen konnten. Jakob ging vorneweg, alle anderen folgten im Gänsemarsch.

„Glotz mir nicht auf den Hintern!“, blaffte Stefanie ihren Hintermann an. „Das ist sexuelle Belästigung.“

Mit einem Schritt sprang Jakob auf den Bahnsteig von Gleis 7. Stefanie war hinter ihm, die Zugtür wurde zugeschlagen. Stefanie rief: „Los jetzt!“

Sie rannte auf die Rolltreppe zu, stieß Menschen zur Seite, prallte von ihnen ab wie eine Flipperkugel und rannte weiter. Stefanie war unheimlich schnell, Jakob folgte ihr und sah verdutzt, wie sie an der Rolltreppe vorbeilief. Stefanie wetzte über den Bahnsteig, der vor ihnen aus der Halle hinausführte.

„Mari! Das ist Wahnsinn!“

„Genau!“, rief sie, ohne sich umzusehen. Ihr Rucksack saß wie festgeklebt. Der von Jakob schlenkerte hin und her. Er durfte ihn nicht verlieren, er war alles, was sie hatten.

Der Bahnsteig war zu Ende, Schilder warnten davor, die Grenze zu überschreiten. Stefanie lief, zwischen den Gleisen erst, hüpfte dann wie ein Flummi nach links und eilte neben dem Gleis am linken Rand weiter. Jakob nahm wahr, dass ein Strang mit zehn Gleisen rechts weiterlief, während ein zweiter Strang eine Kurve nach links beschrieb.

„Mari! Das geht nicht! Wir müssen runter!“

Er dachte, sie würde links bleiben, und sah entsetzt, wie sie erneut begann, über die Schienen zu hüpfen. Nicht weit entfernt dröhnte das Signalhorn einer Lokomotive. Was würde passieren, wenn zwei Züge gleichzeitig auftauchten? Jakob geriet in Panik. Die Häuser rechts, dicht an die Schienen gebaut, sahen aus wie Wohnhäuser, gar nicht hässlich. Sie standen nur am falschen Ort.

Von vorn näherte sich eine Lokomotive, wahrscheinlich zog sie hundert Wagen, aber um Jakob zu zerteilen, reichte die Lok völlig aus. Das Horn ertönte, hinter der Scheibe gestikulierte eine Gestalt wie wild, dann war die Lok vorbei, gehorsam folgten die Güterwagen.

Neben Jakob pumpte Stefanie nach Luft. „War geil!“, stieß sie heraus.

„Voll geil“, knurrte er. „Müssen wir bald wieder machen.“

„Was willst du? Willst du in den Bau gehen und dich von den Bullen foltern lassen?“

Er verzichtete darauf, die gröbsten Unterstellungen zu korrigieren. Wo waren sie hier? Es war, als wären sie mit einem Satz in einer anderen Stadt gelandet. Rechts sah man ein riesiges Gebäude, auch aus großer Entfernung strahlend in unfassbarer Sauberkeit und Frische. Jakob gefiel alles, was größer war als in seiner kleinen Stadt. Das Erstaunlichste war die Ruhe. Er hatte doch die Gleise gesehen, vor drei Minuten waren sie durch den Haupt-

bahnhof einer Millionenstadt geflitzt. Und jetzt dies. Kein

Mensch auf den Straßen.

„Vielleicht dürfen wir hier nicht sein", murmelte Jakob. „Sie haben alles abgesperrt, weil eine Seuche ausgebrochen ist."

„Oder sie drehen einen Film", sagte Stefanie schwärmerisch.

„Dann musst du dich bewerben und wirst ein Star. Nimm eine Rolle, wo ein durchgeknalltes Mädchen Selbstmord auf Schienen begeht. Geprobt hast du ja schon."

Sie stieß ihm ihren spitzen Ellenbogen in die Seite.

„Gib's zu, du fandest das auch geil, wie wir die beiden Säcke abgehängt haben. Die hatten null Chance gegen uns."

„Warum bist du nicht die Rolltreppe hoch? Oder die Treppe?"

„Das kann doch jeder. Willst du das machen, was jeder macht?"

„Nein, ich will mich vor eine Lok werfen und einmalig werden. Danach bin ich sogar zweiteilig."

Sie gluckste, über so etwas konnte sie lachen. Sie überprüften, ob sie noch alles dabei hatten. Jakobs Laune besserte sich.

Sie gingen weiter. Häuser, keins war neu, keins war verfallen. Es gab Straßenschilder, die ihnen nichts sagten. Außer der Reeperbahn und der Mönckebergstraße kannten sie in Hamburg keine Straßen. Vielleicht noch den Jungfernstieg und die Landungsbrücken. Jakob kannte das Volksparkstadion, das jetzt anders hieß – ein Länderspiel, zwei Abseitstore, gute Wurst, schlechte Klos. Neben ihm an der Rinne der fette Kerl mit Schal: „Bist du St. Pauli?

Wenn du St. Pauli bist, mach ich dich alle."

Stefanie kannte den Hafen von einem Klassenausflug. Zwei Nächte in der Jugendherberge, der erste Kater ihres Lebens.

Stefanie fiel auf, dass es hier keine Geschäfte gab. Keinen Supermarkt, keine Klamotten, nichts mit Second Hand oder Blumen oder zur Not mit Büchern. Nur mehrere Schulen, nicht für Kinder, und eine Autowerkstatt.

Dann standen sie vor dem Schloss! Ein Haus von kolossalen Ausmaßen in einem seltsamen Rotton, mehr schwarz als rot. Ein Türmchen gab's und Schilder, die das Baujahr verrieten. Älter als hundert Jahre.

„Wie soll das wohl gehen?", murmelte Jakob. „Im Krieg war doch alles kaputt."

„Ist eben eine Bombe danebengefallen!"

„Nicht beim Bahnhof! Den Bahnhof machen sie immer als Erstes kaputt."

„Du musst es ja wissen."

Jakob wusste es. Sein Opa hatte den Krieg gegen die Tommys geführt. Hätten sie ihn nicht gebremst, hätte er die Tommys auf ihre Insel zurückgeschlagen.

„Vielleicht ist das ein Hotel", sagte Stefanie.

„Oder der Flughafen."

„Warum denn nicht? Kann doch ein Hotel sein."

Sie hatte recht, er hatte unrecht. So lief es oft. Nicht, weil sie häufiger recht hatte. Ihr war es nur wichtiger, recht zu bekommen.

Menschen verließen das Schloss. Bunt, laut, bepackt mit Eimern und Töpfen. Jakob dachte: Sie haben die Maler im Haus. Er stammte aus einer Handwerkerfamilie. Allerdings hatte er noch nie so viele weibliche Maler gesehen. Niemand war jung genug, um ein Lehrling zu sein. Eine Weile standen sie neben ihren Autos und rauchten. Verdutzt starrte Jakob auf die Packung, die der Mann ihm hinhielt.

„Was soll das?“, fragte Jakob verwirrt.

„Ich dachte nur. Du hast sowas Gieriges im Gesicht“, sagte der Mann. Er trug eine Strickmütze und eine altmodische Brille, klein und rund.

Jakob ließ sich Feuer geben.

Stefanie lehnte ab und sagte: „Ich darf nicht. Bin schwanger.“

Die Maler waren verdutzt.

„Und jetzt seid ihr auf der Suche nach einem Stall“, sagte der Brillenmann.

Jakob kannte diese Angewohnheit von Stefanie. Sie war schon Astronautin, Agentin und Atomphysikerin gewesen. Jetzt eben schwanger.

„Wir haben uns etwas verlaufen“, sagte Jakob. „Wo sind wir hier?“

„Am richtigen Ort“, antwortete die Älteste der Frauen. „Der ideale Ort, um zu gebären. Das erste Kind seit ... seit wie vielen Jahren? Seit fünfzig? Dann wäre es ein heiliger Ort.“

„Wir gründen eine Religion und lassen uns das bezuschussen. Das Land der Regenbogenkinder“, sagte ein Mann, der bisher geschwiegen hatte. Er hatte eine Art, hustend zu lachen, dass man nicht wusste, was er eigentlich wollte: lachen oder husten. Auf jeden Fall wollte er nicht die Hand vor den Mund halten.

„Kann man hier irgendwo was essen?“, fragte Jakob.

„Mit Geld oder mit wenig Geld?“

„Am besten ohne Geld“, stellte Stefanie klar,

„Schießt euch ein paar Tauben“, antwortete einer der Männer, während der Brillenmann fragte: „Wie ernst ist es?“

Verdutzt starrte Jakob auf den Schein. Fünf Euro, davon konnte man zwei Tage leben.

„Das geht nicht“, sagte Jakob. Eine Hand griff an ihm vorbei und schnappte den Schein.

Die Maler lachten und packten ein. Einer wies in die Richtung, wo das Essen preiswert war.

Bis zuletzt rang Jakob mit der Frage, die er sich dann verkniff. Er wollte sie nach der Polizei fragen. Kam sie in dieses Viertel? War sie freundlich oder rabiat? Aber die wichtigste Frage war: Wo können wir heute schlafen?

Sie hörten die Straße, bevor sie sie erreichten. Sie sah aus wie die Umgehungsstraße zu Hause: Autos am laufenden Band, Bürohaus neben Geschäftshaus neben Baulücke. Hier war alles Großstadt: praktisch, rechteckig, laut. Irgendwo mussten die Autos ja fahren. Der Blick reichte weit über die Straße hinaus. Rechts fuhren Autos auf einer erhöht liegenden Straße. So viel Bewegung und alle hatten ein Ziel.

Dafür, dass es noch nicht dunkel war, brannte extrem viel Licht am Grill. Der Mann im Wagen sprach ein Deutsch, das Jakob erst nach einigen Sekunden verstand. Er musste die Laute noch einmal Revue passieren lassen, dann hörte es sich an wie Deutsch. Zwei Dönerspieße, beide ziemlich abgefressen. Es war außergewöhnlich heiß.

Heiß, nicht bloß warm.

„Hühnchen! Wie schmeckt denn Hühnchen?“, fragte Stefanie.

Jakob nahm Huhn, Stefanie nahm Kalb. Bis zum letzten Bissen kam sie nicht von dem verdammten Hühnchen los.

Jakob reichte ihr seinen Rest und sagte: „Manchmal bist du einfach nur blöd.“

„Das ist der Unterschied zwischen uns. Du bist ständig blöd.“

„Wer ist hinter euch her?“

Erstaunt blickten sie den Mann an. Er sagte: „Hier kommt keiner her, der sich die Stadt ansehen will.“

„Dann sind wir die Ersten.“

Er lächelte und schwieg. Er war ein guter Geschäftsmann.

Stefanie fragte: „Wo kommt man als Anhalter mit?“

Er wies in Richtung der Straße. Da hinten seien Tankstellen, dort zapften die Geschäftsreisenden ihren Stoff in Audi und BMW, bevor es auf der linken Spur Richtung Süden ging.

„Wohin wollt ihr?“, fragte er.

Die Frage hatte nichts Lauerndes, dennoch wäre es Jakob lieber gewesen, sie nicht beantworten zu müssen.

„Wohin der Wind uns treibt“, erwiderte er unbestimmt. Er dachte, dass der andere ihn nicht verstanden hatte und fügte hinzu: Richtung Süden, wir haben kein bestimmtes Ziel.“

„Ich wollte früher Richtung Norden.“

„Und? Hatten Sie ein bestimmtes Ziel?“

„Logisch. Dieser Wagen musste es sein. Ich wäre in die

Heimat zurückgegangen, wenn ich nicht genau hier genau diesen Wagen gekriegt hätte. Jetzt kann ich beruhigt sterben. Mein Leben war nicht umsonst."

„Sie sind ja ganz schön verbittert", stellte Stefanie beeindruckt fest.

Er schob zwei Flaschen Cola über die Theke. Sie tranken und kriegten kein Dankeschön heraus.

Plötzlich war ein neuer Ton in der Stadt. Polizeisirenen, mehrere Streifenwagen. Dass sie wie die Henker fuhren, erkannte man aus weiter Entfernung.

„Passiert das öfter?", fragte Jakob.

„Immer wenn die Gerechtigkeit in Gefahr ist. Dann kommen die Sheriffs angeritten und geben ihr den Gnadenschuss."

„Bei Ihnen essen bestimmt nicht oft Polizisten."

„Ihr werdet lachen, sie lieben mich. Ich spiele für sie den lachenden Migranten."

„Fehlt nur noch die Gitarre", sagte Jakob und starrte verdutzt auf die Gitarre, die der Dönermann unter der Theke hervorgezogen hatte. Im ersten Moment hatte er gedacht, der andere würde ihm ein Gewehr zeigen.

Sie trieben sich auf den Straßen des Viertels herum, bis sie müde wurden. Hinter dem dicken Schienenstrang lag das pulsierende Leben auf der anderen Seite des Hauptbahnhofs, von ihrer Seite konnten sie hohe Geschäftshäuser sehen. Viele Läden, viele Menschen, unter denen ein Polizist gar nicht auffallen würde. Ständig rollten Züge durchs Bild, in Weiß, Blaugelb, Rot.

„Wir dürfen nicht verrückt werden", murmelte Stefanie.

„Das vorhin waren bloß Kontrolleure, keine Polizisten."

„Ich habe gehört, die arbeiten hier Hand in Hand."

„Wo du das wohl gehört hast!"

Immer wieder machten sie an dem Bild Halt. Eine komplett bemalte Hauswand. Del Monte Quality. Meterhohes Obst zum Sattsehen. „Die Tomaten könnte ich besser", behauptete Jakob mit Kennermiene. Daneben zeigte ein anderes Haus seine unbemalte Seite: grau, einfallslos, trostlos. Der beste Beweis, warum viele Graffiti das Stadtbild bereicherten.

Hinter einer anderen Fassade weinte ein Kind, sie sahen es nicht, hörten es nur. Mehrere Male kamen sie hier vorbei, am Ende mit Absicht, jedes Mal jammerte das unsichtbare Kind in gleichbleibendem Ton.

Hinter abblätternden Fensterrahmen lagen undefinierbare Läden im Souterrain und führten mumifizierte Einrichtungen vor. „Wir fertigen Ihnen Ihren Zahnersatz zum günstigen Preis." Einmal blickten sie auf eine Staffelei. Sie war leer, der Fußboden vor ihr mit Farben beschmiert. Hier hatte jemand mit seiner Kunst gekämpft und den Kürzeren gezogen.

Vor einem Haus standen Obdachlose, die meisten still, bewegungslos und erschöpft. Einer krakeelte, eine Frau krakeelte zurück, Stefanie und Jakob wechselten die Straßenseite.

„Ja, haut nur ab!", rief die betrunkene Frau ihnen hinterher. „Die Herrschaften könnten sich ja anstecken bei uns."

Viermal kamen sie am Schloss vorbei. Jedes Mal brannten mehr Lampen hinter den Fenstern. Im ersten und zweiten Stock blieb es dunkel. Die Fenster sahen aus, als wären sie bemalt. Oder verhängt. Hinter ihnen stand etwas Großes. An mehreren Stellen im Viertel hingen Plakate und kündigten die Eröffnung einer Ausstellung für den nächsten Abend an.

„Auch das noch", murmelte Stefanie. „Kunst habe ich nie gemocht. Ich kann nur Strichmännchen." Sie hatte einen Kunstlehrer gehabt, der den meisten Schülern eine Eins spendiert hatte, dem Rest eine Zwei. Stefanie hatte als Einzige eine Drei bekommen.

„Du bringst da was durcheinander", murmelte Jakob. „Du musst nicht Picasso sein, um Kunst gut zu finden."

Eine Menge Namensschilder neben der Haustür, wenigstens zwei Namen, manchmal vier.

Von rechts kamen sie nicht um das Schloss herum. Zaun, Tür, Mauer, alles dicht. Links sah es besser aus. Sie gelangten auf die Rückseite, die vielen Fahrräder konnten sie mehr spüren als erkennen. Stefanie nutzte die Gelegenheit und pinkelte. Jakob machte es ihr nach, hielt aber einen Sicherheitsabstand. Er kannte Stefanies Angewohnheit, nichtsahnende Pinkler zu erschrecken.

„Du bist gehemmt", rief sie ihm zu. „Wie willst du jemals eine Frau aufs Kreuz schmeißen, wenn du schon beim Pinkeln Panik kriegst?"

Das fragte sich niemand häufiger als Jakob, aber das wollte er jetzt nicht vertiefen, schon gar nicht mit Stefanie.

Die Hintertür war verschlossen. Man hätte sie aufbrechen können, viel Krach, viel Risiko. Die Leiter zum Balkon entdeckten sie nicht gleich, weil die Hauswand so dunkel war. Die Leiter verschmolz mit der Umgebung, aber dann ging alles zügig. Leiter, Balkon, verriegelte Balkontür, mit einem Schulterstoß war das Problem behoben.

Kaum standen sie in der fremden Wohnung, fielen Mut und Abenteuerlust von ihnen ab. Fremde Wohnung, fremdes Viertel, fremde Stadt. Zu viel Fremdheit für Jakobs Geschmack. Auch Stefanie war eingeschüchtert, so dicht stand sie sonst nicht neben ihm. Höchstens wenn sie knutschten, was einmal pro Woche vorkam und nie lange dauerte, weil einer losließ, bevor es beide mitreißen konnte.

Sie standen in der Küche. Getränkekisten an der Wand, Geschirr war auf dem Tisch gestapelt.

Stefanie zog die Türen des riesigen Kühlschranks auf.

„Ich glaube an Gott“, sagte sie verträumt.

„Das heißt Aldi.“

„Das ist nicht Aldi, das ist was Besseres.“

Vor allem war es viel. Jakob wusste, wie Ausstellungen eröffnet wurden. In der einen Hand hielten die Gäste ein Glas, in der zweiten einen Teller, mit der dritten, die sie nicht besaßen, führten sie die Häppchen zum Mund. Vorne hielt ein Experte eine Rede, die immer zu lange dauerte. Dann schlenderte man an den Bildern entlang und kam ständig am Büffet vorbei. An der Kunst hingen Preisschilder, an den Fressalien nicht.

„Es ist nicht recht, was wir tun“, murmelte Jakob, als sie noch gar nichts getan hatten. Dann schlugen sie zu, mit solchem Heißhunger hatte er lange nicht mehr gegessen.

Der Döner war nichts weiter als die Vorspeise gewesen.

„Wir benehmen uns wie die Neandertaler", murmelte Jakob. „Zweimal haben uns die Hamburger etwas geschenkt, die Maler das Geld und der Dönermann die Cola. Zum Dank bestehlen wir sie."

„Sie geben gerne", behauptete Stefanie. „Es ist ja für die Besucher. Wir sind nur die ersten Gäste. – Und morgen gehen wir noch mal hin. Dann sind wir Stammgäste."

Der Rundgang durch die Ausstellung begann. Sie wagten es nicht, Licht anzuschalten, nur das Flurlicht strahlte durch die offenen Türen. Sie befanden sich in einer großen Wohnung mit sechs Zimmern. Jeder Raum enthielt Kunst. Was zuerst wie ein Sammelsurium aussah, gewann mit jeder Minute Gestalt und Sinn. „Evolution – Die Geschichte der Menschen" in neunzig Exponaten. Bilder, Objekte, Installationen in jeder Größenordnung. Es begann mit Adam und Eva im Paradies. Er war nackt mit Bierbauch, sie trug ein Kleid, das sich mit Hilfe einer sinnreichen Konstruktion gegen andere Kleider austauschen ließ.

Im zweiten Raum war Afrika: frühe Menschen, fast noch Affen. Daneben kamen die ersten Kulturen: Ägypten, Griechenland, Rom. Hamburg besaß einen eigenen Raum, er war der letzte. Hier hatte die Evolution erst vor Kurzem begonnen und war noch in vollem Gang. Soldaten, Moorbauern, Pfeffersäcke mit dünnen Beinen, Heidi Kabel, Uwe Seeler, Udo Lindenberg, seine Brille war größer als der Kerl.

„Das verstehe ich nicht", rief Stefanie von hinten. Der Raum, vor dem sie stand, war winzig, keine sechs Quadratmeter. Er war von dem größeren Raum abgeteilt, die Tür sah aus wie bei einem Tresor.

Drinnen wohnten Neandertaler.

„Was soll das Verkehrsschild?“, fragte Stefanie.

Jakob kapierte die Zusammenhänge. Er berichtete Stefanie von den ersten Menschen. Eine Linie hatte sich zu dem entwickelt, was die Menschen heute sind. Es hatte aber auch Nebenzweige gegeben, die mit den Bedingungen nicht zurechtgekommen und ausgestorben waren. Zu ihnen hatten die Neandertaler gehört.

„Eine Sackgasse der Evolution“, sagte Jakob. „Deshalb starren alle auf das Sackgasse-Schild. Sie erkennen darin ihre Zukunft, vielleicht ahnen sie sie nur. Es muss schrecklich sein, wenn du weißt, dass es für dich keine Zukunft gibt.“

Sie schmiegte sich an ihn und sagte leise: „Stefanie ist einsam.“

„Stefanie spinnt.“

„Stefanie ist von zu Hause ausgerissen und weiß nicht wohin.“

„Du bist nicht allein, ich bin ja da. Und wir haben Zukunft. Alles hat Zukunft, sogar das Kleine und Unscheinbare. Guck dir dieses Quartier an. Liegt mitten in der Stadt, keiner kennt es und es lebt doch.“

„Die Maler kennen es.“

„Aber keiner kennt die Maler.“

„Du meinst, sie fühlen sich wie Neandertaler?“

Das wusste er nicht, er kannte keinen Künstler. Er wusste nur, dass sie eitel waren und nicht immer fleißig. Oder zu fleißig, dann arbeiteten sie sich tot. Und manchmal gaben sie Ausreißern Geld, damit die sich etwas zu essen kaufen konnten.

Als sie alle Räume gesehen hatten, fingen sie wieder von vorn an. Sie verloren ihre Scheu und blieben nicht mehr an den Türen stehen. Sie drangen in die Räume ein und sprachen mit verstellten Stimmen. Jakob war Adam, Stefanie war die erste Frau, die mit dem Flugzeug den Atlantik überflog. Jakob entdeckte Heilmittel, Stefanie erfand den Minirock. Sie berührten die Installationen und versteckten sich in ihnen. Aber sie machten nichts kaputt.

Nur als sie schlafen gingen, dekorierten sie einiges um. Das Lotterbett des Königs wurde zu ihrem Bett. Der König knutschte mit seiner Königin und danach mit seiner Mätresse. Der König verspürte ein bestimmtes Gefühl, die Mätresse rief gequält: „Das muss ich nicht haben."

Ihre Köpfe berührten sich, so schliefen sie ein, mitten im Lachen, mitten im Satz.

So wachten sie auf, Kopf an Kopf, mit trockenem Mund und schnell schlagenden Herzen.

„Da ist was", flüsterte Stefanie.

„Wir haben verschlafen. Die Ausstellung wird eröffnet", flüsterte Jakob.

Aber die Nacht war erst halb vergangen. Schritte, denen man anhörte, dass sie nicht laut sein sollten; flüsternde Stimmen von Männern; kein Licht.

Ein dickes Federbett bedeckte König und Königin.

Zwei Gestalten erschienen im Türrahmen, beleuchtet vom Flurlicht. Sie redeten über verrückte Künstler, denen man die Flausen aus dem Kopf schlagen müsste; sie redeten über Feuer, mit dem man diese Idioten verjagen müsste. Man hatte Hunger und verschwand Richtung Küche.

„Na toll“, flüsterte Stefanie. „Sie futtern vor der Balkontür. Unser einziger Fluchtweg.“

Gläser klirrten oder Flaschen. Bald wurden die Stimmen lauter. Sie redeten eine derbe Sprache. Sie waren auf der Flucht, aus einem Streifenwagen waren sie geflohen, jedenfalls aus einem Wagen, der der Polizei gehörte. Die Polizei hatte sie von Hannover nach Hamburg bringen wollen, bei den Elbbrücken war es zu einem Unfall

gekommen, sie waren aus dem Wagen gefallen, hatten sich durchgeschlagen. Jetzt waren sie hungrig, durstig, wütend und auf der Suche nach einem Opfer, an dem sie ihre Wut auslassen konnten.

Erst war es nur großkotziges Gerede, wie man manchmal große Töne spuckt. Aber diese Kerle meinten es ernst. Ein Zeichen wollten sie hinterlassen, sie wollten es allen zeigen, mit ihnen konnte man es nicht machen. Plötzlich roch es nach Gas oder Streichholz. Draußen wurde gekichert, sie brachten sich in Stimmung, feuerten sich gegenseitig an.

Stefanie und Jakob zitterten, sie nahmen sich in die Arme, und Stefanie flüsterte: „Nicht heulen, nachdenken. Wir finden was.“

Jakob dachte: Mädchen!

Sie flüsterte: „Geh hin und schlage sie zusammen."

Er flüsterte: „Gute Idee."

Er war schon an der Tür, als sie begriff, dass er es ernst meinte.

„Komm zurück!", rief sie flüsternd, viel zu laut.

Er schlich zu den Neandertalern, er hatte alles richtig im Gedächtnis behalten. Im Nachbarraum schnappte er einem Pfeffersack den Beutel mit dem Geld weg. Was immer sich in ihm befand, es hörte sich wirklich an wie Münzen.

Er legte den Beutel zu den Neandertalern und dachte: Neander-Taler. Das glaubt dir keiner.

Dann atmete er ein und aus, tief und mehrmals.

Als er in der Küche auftauchte, fuhren die beiden herum. Sie sahen aus wie Männer, die mit Karussells von Jahrmarkt zu Jahrmarkt reisen.

„Seid ihr die Kerle?", fragte Jakob mit großer Überwindung.

„Was willst du? Wer bist du? Willst du eins aufs Maul?"

„Ihr seid es. So haben sie euch beschrieben. Das Geld ist nebenan. Wenn ihr es nicht abgebt, machen sie euch kalt. Das ist euch wohl klar."

Bis zuletzt behielten sie einen Rest von Misstrauen, doch die Gier war stärker. Einer legte einen Arm um Jakobs Schulter und sagte: „Du bist ein Freund. Und nun zeig uns das Geld."

Jakob sagte: „Ihr seht gefährlich aus."

Das schmeichelte den beiden. Wissend grinsten sie sich an.

Er führte sie nach vorne. Seine Augen kamen mit dem

schwachen Licht besser klar als ihre. Sie folgten ihm einfach, einer eierte wie ein Betrunkener.

„Da drin“, sagte Jakob. „Bei den Figuren. Der Sack.“

„Und du sagst, da ist Geld drin? Echtes Geld?“

„Was redet ihr denn? Glaubt ihr, wir dealen mit Spielgeld?“

Beflissen versicherten sie ihm, dass sie das bestimmt nicht meinen würden. Dann hockten beide bei den Neandertalern, in der Sackgasse der Evolution. Jakob wartete ab, bis sie den Beutel entdeckt hatten. Er durfte nichts übereilen. Er musste Geduld haben, ihm wurde schwindlig vor Anstrengung.

Dann schlug er die Tür zu, Stefanie war bei ihm. Gemeinsam schoben sie fünf Riegel vor.

„Ich wusste gleich, was du vorhast“, behauptete sie.

Jakob hatte vorhin die Tür geprüft, weil er nicht hatte glauben wollen, dass die Künstler so weit ins Detail gehen würden. Aber sie hatten es getan. Fünf Riegel und eine Tür, die auf beiden Seiten mit Blech und Eisen beschlagen war. Man konnte mit Fäusten und Schuhen gegen die Tür schlagen, sie hielt dicht.

Die Nachbarn riefen die Polizei. Als die Beamten die Küche betraten, saßen Stefanie und Jakob am Tisch. Von der Marzipantorte waren noch zwei Stücke übrig.

„Das ist unsere Belohnung“, sagte Stefanie kauend.

Die Ausstellung wurde um neunzehn Uhr eröffnet. Vierzig Gäste, Fotografen und zwei Fernsehteams bestanden darauf, dass Stefanie und Jakob sich in das Bett des Königs legten.

„Damit es authentisch ist", behauptete der Brillenmann lachend.

Der Dönermann musste mit sanfter Gewalt herangeschafft werden. Stefanie und Jakob hatten darauf bestanden, ihn dabeizuhaben.

Als die Stimmung auf dem Höhepunkt war, standen plötzlich Stefanies und Jakobs Väter in der Tür. Sie hatten Anrufe der Polizei bekommen. Die Männer wollten sich Jakob zur Brust nehmen, man fiel ihnen in die Arme.

Die Friedenskonferenz fand in der Küche statt. Mit dem Ergebnis konnten alle Beteiligten leben: Drei Tage Hamburg für die Ausreißer mit reichhaltigem Besichtigungsprogramm als Dank dafür, dass sie die Ausstellung vor einem Brandanschlag gerettet hatten. Schlafen würden sie in einer der Künstlerwohnungen der Münzburg – in getrennten Zimmern. Zur Not bei verschlossenen Türen. Danach Rückreise in die Heimat ohne Furcht vor Strafen.

Der Brillenmann hob Stefanies Kinn in die Höhe: „Wenn du noch ein einziges Mal eine Drei in Kunst anbringst, kommen wir in eure kleine Stadt und gestalten euch zum Kunstwerk um. Haben wir uns verstanden?"

Sie küsste ihn auf beide Brillengläser und sagte: „Zu Befehl, Picasso."

HAMBURG-MITTE

ROTHENBURGSORT

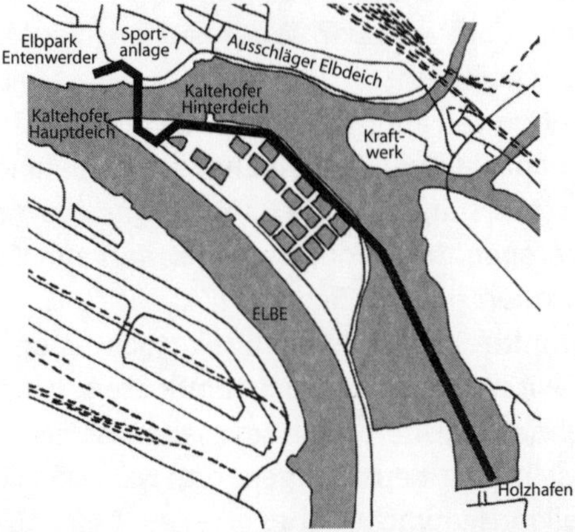

Hinterhalt am Hinterdeich

Eva Almstädt

Ecki saß vor dem Entenwerder Fährhaus in Rothenburgsort und blinzelte in die Abendsonne. Das Fachwerkhaus am Rande des Parks, Ausflugslokal seit 1872, lag schon im tiefen Schatten. Auf der Elbe glitzerten die Wellen im letzten Sonnenlicht. Doch Ecki hatte keinen Sinn für die Schönheit des Abends, seine Gedanken drehten sich um Geld. Besser gesagt, wie er mit minimalem Aufwand möglichst viel davon in die Finger bekommen konnte.

Manchmal lohnte es sich eben doch, seinen Grips zu bemühen. Besonders wenn das Schicksal einem so in die Hände spielte. Er musste nur noch seinen Kumpel überzeugen. Doch Leander hatte es nicht so mit Nachdenken, er war eher ... den körperlichen Dingen der Welt zugewandt. Sein Freund saß ihm gegenüber und zog sich gelangweilt die Birne zu.

„Na, wie sieht es aus? Was machen die Mädels?“, fragte Ecki scheinheilig.

„Die stehen voll auf mich. Weißt du doch.“

„Und ich dachte, die stehen eher auf Kohle und so.“

„Kann schon sein. Aber die Bank hat gestern meine EC-Karte eingezogen. Schwupp, weg – nix mehr mit Kohle.“ Er zuckte resigniert mit den Schultern.

„Verdammte Sauerei.“ Ecki trank noch einen Schluck Bier und wischte sich die Schaumflocken von seinem Oberlippenbart. „Und wenn ich abends nach Hause komme, ist meine Keusche genervt, weil ich nicht den scheiß Müll rausgebracht habe.“

„Du hängst ja auch immer nur am Tresen ab.“

„Ich arbeite dabei. Geistig.“

Leander spannte die Armmuskeln unterhalb seines ärmellosen T-Shirts an. „Ich geh jeden Tag zwei Stunden pumpen, um in Form zu bleiben.“

Er blickte verächtlich auf Eckis birnenförmige Gestalt, seine blasse, akne-narbige Haut und das dünne Haar. „Du solltest echt mal an dir arbeiten, Alter.“

„Ich arbeite lieber hiermit.“ Ecki tippte sich auf die Stirn. „Ein Mann braucht nur eine richtig geile Idee in seinem Leben. Und die habe ich gerade!“

„Nicht schon wieder was mit Schutzgeld!“

Vor zwei Wochen hatte Ecki gesagt, sie müssten sich nur Läden aussuchen, die noch nicht von anderen „Unternehmern“ mit Beschlag belegt waren. Jungfräulich sozusagen.

„Konnte ich ahnen, dass die Friseurin gleich mit der Schere auf mich losgeht, nur weil ich ihren Laden beschützen will?“, fragte er.

„Sie hat dir deine Lederjacke aufgeschlitzt. Und dann der Typ aus dem Imbisswagen, der dich mit Frittierfett übergossen hat.“ Leander grinste. „Du hast wochenlang wie alte Pommes gestunken.“

„Das mit dem Schutzgeld ist eh zu mühsam. Ich dachte diesmal an was Großes. Think big.“ Ecki senkte die Stimme. „Bewaffneter Raubüberfall.“

„Pfh.“ Leander zog die Augenbrauen hoch. „Bi-Ba-Banküberfall – oder was?“

„Nee, besser! Ich hab Insider-Informationen! Das ist heute das A und O.“

„Ach ja? Woher hast du die denn? Von facebook?“

Ecki verdrehte die Augen. „Kirsten liest doch immer diese Klatschblätter“, erklärte er. „Und nun ist sie ganz aus’m Häuschen, weil Ronny Riebensehl, dieser Schlageraffe, in Hamburg ’ne private Party feiert. Und wo die stattfindet, weiß sie auch, weil ihre Freundin bei dem Partyservice jobbt, der da alles hinkarren soll.“

„Ach nee. Wo denn?“ Leander war nun doch interessiert.

„Auf Kaltehofe.“ Ecki deutete in Richtung der Elbinsel. „Ronny hat das Hausboot von dem Heinz gemietet, diesem Typen, der ein paar Pferdchen auf St. Georg laufen hat. Riebensehl will auf dem Hausboot Big Party machen – ausgefallene Location und so. Fahren die vom Showbiz’ voll drauf ab.“

„Und alle machen einen auf dicke Hose mit Klunkern,

Rolex und 'ner prallen Brieftasche", frohlockte Leander. „Genial."

„Du hast es erfasst. Lauter reiche Säcke beisammen, und das bei uns auf Kaltehofe." Ecki strahlte. Insgeheim hielt er seinen Freund Leander nicht gerade für eine Intelligenzbestie, aber das Kompliment der Genialität ging ihm trotzdem runter wie kühles Astra. Man nannte ihn auch den Professor. Die einen trainierten ihren Körper – andere ihren Geist. Während er ihm seinen Plan erläuterte, fiel sein Blick auf Leanders Sportasche mit dem Werbeaufdruck einer angesagten Sportschuhmarke.

„Deine Tasche da, die wär' ideal für die Beute", sagte er beiläufig.

„War'n Werbegeschenk. Kann ich mitbringen."

Ecki nickte. Er besaß keine Sporttasche, weil er nie zum Sport ging. Und Kirsten merkte sofort, wenn eine ihrer Taschen fehlte. Mit 'ner Aldi-Tüte wollte er aber auch nicht losmarschieren.

Der Mond stand fast voll am Himmel und leuchtete auf die Billwerder Bucht und die Elbinsel Kaltehofe. Es war elf Uhr nachts. Am anderen Ufer stieg vom Kraftwerk Tiefstack in Billbrook eine hellgraue Rauchsäule auf, an-

sonsten zeigte sich der Himmel sternklar. Die Schlagermusik von Ronny Riebensehls Fete und das Gelächter seiner Gäste hörte man über die Wasserfläche hinweg bis nach Rothenburgsort. Als Ecki und Leander über das Sperrwerk Billwerder Bucht in Richtung Insel gingen, sahen sie die bunten Lichter des Hausboots auf dem Wasser tanzen.

Auf Kaltehofe angekommen, schlichen sie zu einem eingezäunten Werftgelände, auf dem ein alter Unimog parkte. Das Fahrzeug stellte einen wichtigen Bestandteil ihres Planes dar. Ecki hatte einen Seitenschneider und diverse Werkzeuge in Leanders Sporttasche verstaut. Er durchtrennte die Kette des Gittertores, öffnete den Unimog und kletterte hinein. Ein Kettenhund kam knurrend auf Leander zugesprungen. Ecki warf seinem Freund eine Packung Hundekuchen zu, die der Köter nach ein paar Schnappern nach Leanders tief hängender Hose auch akzeptierte.

Ecki schloss das Fahrzeug kurz. Er lächelte zufrieden, als der Motor hustend zum Leben erwachte. Dann fuhr er den Unimog zum Tor hinaus, ein Stück den Kaltehofe-Hinterdeich hinunter. Er bremste an einer schmalen Stelle der Straße ab und stellte das Gefährt quer. Der Motor erstarb. Hier war kein Durchkommen mehr. Leander hatte gerade die letzten Hundekuchen verfüttert und schloss eilig das Tor.

„Alles paletti“, Ecki hielt schon die Verteilerkappe des Unimogs in der Hand. „Den setzt so schnell niemand mehr in Gang.“

Das Fahrzeug fungierte als Blockade. Der Kaltehofe-Hinterdeich, an dem Heinz’ Hausboot an einem der Anleger lag, war eine Sackgasse. Die Straße verlor sich hinter dem letzten Steg in einen schmalen, von Gestrüpp überwucherten Weg. Am Ende verwehrten Steinquader die Durchfahrt zur anderen Seite der Insel, die mit dem Stadtteil Moorfleet verbunden war.

Ecki hatte am Vortag einen Spaziergang mit Kirsten unternommen, um zu überprüfen, ob sie von dieser Seite aus vor Überraschungen sicher waren. Dieses Mal durfte nichts schiefgehen. „Los, Beeilung. Ronny wartet auf uns“, trieb er Leander an.

„Im Ernst jetzt?“

Ecki seufzte und marschierte los. Die Straße führte an einem mannshohen Bretterzaum entlang. Leanders Absätze machten „Klock, klock, klock“, als ginge Ecki neben einem Pferd ... Links tauchte ein alter Elbkahn auf, der der Billwärder Gilde als Schießstand diente. Rechts schimmerten durch einen Maschendrahtzaun die Wasserbecken des ehemaligen Elbwasser Filtrierwerks im Mondlicht. Dunst schwebte darüber und ein paar schlafende Wasservögel zeichneten sich darauf ab. Die pittoresken Türmchen im Schilf – Schieberhäuschen des Wasserwerks – verliehen der Szenerie etwas Märchenhaftes, und das mitten in Hamburg.

„Scheiß Gelatsche!“ Leander humpelte. „Und was ist das da für ein Swimmingpool?“ Er deutete auf das Gelände rechts von der Straße.

„Mensch, das ist die ‚Alte Wasserkunst‘. Das Museum haben sie doch gerade eröffnet. Du kriegst aber auch nichts von dem mit, was in deiner Heimatstadt passiert.“

„Ja, ja, Herr Professor.“ Und nach kurzem Nachdenken:

„Und wofür sollte das gut sein? Ich meine, da sind mindestens zehn Wasserbecken."

„Es waren mal zweiundzwanzig. Darin haben sie früher das Wasser aus der Elbe gereinigt", dozierte Ecki. „Vorher ging es ungereinigt in die Wasserleitung. Da gab es mehr als vierzig Tierarten im Leitungswasser, sogar Aale! Dann starben mehr als achttausend Hamburger an der Cholera. Da ist es ihnen endlich gelungen, das Filtrierwerk fertigzustellen und in Betrieb zu nehmen."

Aber was sabbelte er sich ab? Leander hatte einen IQ wie so ein Aal, und da tat er den Tierchen vielleicht noch unrecht. „Da vorn ist es", flüsterte Ecki. „Ich rieche Kohle."

„Echt?"

Glänzende Limousinen und potent aussehende Geländewagen standen am Fahrbahnrand aufgereiht.

„Wollen wir nicht einfach einen Wagen klauen?", fragte Leander mit gierigem Blick. „Den Ferrari hier zum Beispiel?"

„Schon vergessen? Die einzige Straße, die von hier wegführt, haben wir blockiert."

Leander blieb stehen. „Das war blöd von uns, nicht?"

„Lass gut sein. Hast du deine Wumme?"

Leander zog die Glock aus seinem Hosenbund hervor. Wenn man so ein magerer Hering war und zudem nix in der Hose hatte, konnte man seinen Schießprügel so transportieren. Ecki begnügte sich mit Haarspray ultrastark 5. Er hatte Kerstins Tränengas mitnehmen wollen, aber das war in den Tiefen ihrer Handtasche verschollen.

„Wir nehmen den Weg über den Steg: Auf dem Boot trennen wir uns. Ich gehe durch den vorderen Eingang in den Salon, du nimmst den hinteren. Verstanden?“

„Warum?“

„Darum.“ Weshalb hatte er den Idioten eigentlich mitgenommen? Ach ja, richtig, der hatte Elektriker gelernt. Es zumindest ein Jahr lang versucht. Leander kannte sich mit Strom und Sicherungskästen aus. Außerdem besaß er eine Pistole. Er war ihm nützlich.

Ronny Riebensehls Party war in vollem Gange, als auf dem Hausboot das Licht ausging. Ebenso die Musik. Nur ein paar Schnellmerker grölten immer noch Ronnys „Lass mich nie mehr allein – Schatzilein!“, als Ecki und Leander den Partysalon betraten. Sie trugen nun beide Skimasken. Leander sah viel und gern fern: Er hielt die Glock breitbeinig mit beiden Händen vor sich. Ecki nahm das Haarspray hoch. Er war darauf bedacht, dass der neonfarbene Schriftzug „ULTRA STARK 5“ von seinem Handschuh verdeckt blieb. Mit der anderen Hand leuchtete er mit einer Maglight in die Menge und blendete die Leute.

„Tut mir leid, dass ich die heiße Party störe! Alle auf den Fußboden, Hände hinter dem Kopf!“, brüllte Ecki.

„Los, wird's schon. Und keine Fisimatenten!“, setzte Leander hinzu. Seine Stimme kiekste vor Aufregung.

Visite ma tente, dachte Ecki. Daher kam das Wort. Napoleons Soldaten auf der Rahlstedter Heide. „Mach mir kein ‚Visite ma tente‘, hatten die Mütter ihre Töchter gewarnt. Bei den Töchtern, die Ronny Riebensehls Einladung gefolgt waren, kam jede Warnung zu spät. Er schüttelte drohend die Spraydose.

„Ich warne euch! Das Zeug macht im Nullkommanix blind." Kirsten hatte ihm einmal ihr Haarspray in die Augen gesprüht. Er wusste, wovon er sprach.

Tatsächlich ließen sich die Gäste kreischend oder fluchend auf den Boden fallen. Leander wiegte sich in den Hüften. Er zitterte vor Aufregung. Ecki ging herum, sammelte Schmuck, Uhren und Brieftaschen in die Sporttasche und trat den reichen Säcken genussvoll in die Seite, wenn sie nicht sofort alles herausrückten. Nur die Mädels, die auf dem Tresen getanzt hatten, durften oben sitzen bleiben. Sie trugen eh keine Kleidungsstücke, in denen man Wertsachen verstecken konnte.

„Alles klar, Rambo?" Sie hatten sich Decknamen gegeben. Waren sie Profis oder was? Ecki fürchtete aber, dass ihm sein Rambo gleich in Ohnmacht fiel.

„Beeil dich, Superhirn", gab Leander gepresst zurück.

„Schaut mal, Jungs!", rief eine Frau vom Tresen her und zog ihren Rock hoch. Darunter trug sie halterlose Strümpfe, sonst nichts! Ecki leuchtete mit der Taschenlampe hin. Ihr Schamhaar war in Form eines Totenkopfs rasiert.

„Wenn du mein Intim-Piercing klaust, tret ich dir in die Eier!", lallte sie.

„Ich bin auch Pauli-Fan", sagte Ecki trocken.

„Lass mich mal sehen!" Leander kam näher und fiel vor der Frau in die Knie. „Oh, mein Gott!", stöhnte er.

„Es reicht, Rambo", schnauzte Ecki. „Abmarsch!"

Leander ballerte noch zwei Schüsse in die Decke von Heinz' Hausboot. Das war prinzipiell keine gute Idee, wenn man den Ruf des Mannes berücksichtigte, der das

Boot sein eigen nannte. Seine Jungs hörten landläufig auf den Spitznamen „Hamburg Cleaners".

Sie entkamen über den Steg in die Dunkelheit. Ecki lief am Ufer entlang auf der Suche nach dem Boot, das er nachmittags im Schilf versteckt hatte. Es gehörte Kirsten und lag normalerweise im Holzhafen. Eine kleine Leihgabe für die gute Sache. Leander hinter ihm fluchte.

„Psst!", zischte Ecki nervös.

„Scheiße nochmal!"

„Was hast du?" Warum blieb der Kerl zurück? Was kroch er da im Gebüsch herum?

„Hier ist ja Sumpf. Ich hab mir 'n' Nassen geholt!"

Eckis Taschenlampenstrahl fiel auf das Motorboot, das verborgen im Schilf lag. Er schaltete das Licht aus. Leander wuchtete die prall gefüllte Sporttasche ins Boot und wollte hinterherklettern.

„Du musst uns rausschieben, Mann!"

„Ich doch nicht. Ich hab handgearbeitete mexikanische Cowboystiefel an."

„Schon gut. Ich schiebe!"

Leander bestieg umständlich das Boot. Was nestelte er da herum? Ecki schob den Kahn aus der stockfinsteren Uferzone auf das silbrig glänzende Wasser. Dann sprang er ebenfalls hinein. Sie ruderten im Schatten der Insel. Als sie die Billwerder Bucht in Richtung Holzhafen querten, warf Ecki den Außenborder an. Diesmal hatte er an alles gedacht. Sogar daran, den Tidenkalender zu konsultieren, denn weite Teile der Bucht fielen bei Ebbe trocken.

„Schau mal, da hinten!", rief Leander.

Ecki drehte sich um: Auf dem Ausschläger Elbdeich sah

er das Blaulicht der näher kommenden Streifenwagen. Er hörte ein Platschen.

„Was war das?"

„Ein Fisch?" Leander imitierte die Filmmusik vom Weißen Hai. „Demdömdemdöm ... Nervös?"

„Ach, halt die Klappe", schnauzte Ecki.

Als er den Steg im Holzhafen ansteuerte, kreuzte weit hinten am Horizont die Wasserschutzpolizei auf. Die Entensheriffs kamen zu spät. Ecki ließ Leander das Boot vertäuen, während er selbst die Sporttasche in seiner Hand wog. Wie viel das wohl wert war? Der Schmuck und die Uhren würden nicht so einfach zu verticken sein, aber er kannte einen Hehler auf dem Kiez. Das Bargeld konnte er sofort unter die Leute bringen ...

„Ecki, wir sind Helden!", Leander zog ihn auf den Steg und begann ein kompliziertes Abklatschritual.

„Lass uns lieber von hier verschwinden." Ecki sah sich nervös um. Den menschlichen Schatten hinter der Duckdalbe sah er nicht. Er hörte nur ein feines „Zss". Brennender Schmerz fuhr ihm in den Augen, er schnappte nach Luft.

„Wirf die Tasche rüber", hörte er eine ihm wohl bekannte Stimme. Ihm wurde eiskalt.

„Kirsten! Was machst du denn hier?"

„Was auf meinem Boot transportiert wird, ist doch wohl mein Eigentum, oder etwa nicht? Lass rüberwachsen, sonst ..."

„Zss."

Ecki schmiss die Tasche in die Richtung, aus der der beißende Nebel und das hässliche Geräusch kamen. Ihm wurde schlecht. In der Flasche befand sich nicht nur Tränengas, das war CS-Gas ...

„Fein gemacht, braver Junge“, höhnte seine Freundin.

„Woher wusstest du ...“, stammelte Ecki, während er würgte und ihm Rotz und Tränen übers Gesicht liefen.

„Seit wann liest du meine Zeitschriften und schneidest Artikel daraus aus? Hm? Seit wann gehst du freiwillig mit mir spazieren? Und dann die Suche nach meinem Tränengas! Fand ich schon seltsam. Als du den Schlüssel vom Bootssteg geklaut hast, um an mein Boot zu kommen, war mir alles klar.“

Kirsten lachte noch einmal und verschwand mit einem abschließenden „Zss“ in der Dunkelheit.

Ecki fluchte.

Leander fluchte nicht.

„Tu auch mal was!“, schrie Ecki ihn an. „Meine Keusche haut gerade mit unserer Beute ab.“

„Lauf du ihr doch hinterher.“

„Keine Chance“, jaulte er und würgte wieder.

Leander kicherte.

„Was ist daran komisch?“

„Das Geräusch vorhin, das Platschen, war nicht der

Weiße Hai, sondern unsere Beute."

„Ich versteh nicht ..."

„Bei mir zu Hause lag noch 'ne Sporttasche mit demselben Aufdruck rum. Die hab ich heute Nachmittag im Gebüsch in der Nähe von dem Hausboot versteckt. Da ist nur Schrott drin. Die Tasche hat deine Kirsten jetzt. Unsere Tasche mit der Beute liegt in einem schwarzen Müllbeutel auf dem Grund der Billwerder Bucht. Ich hab mir schon gedacht, dass bei deinem Plan was schiefgeht, und da hab ich vorgesorgt."

„Nicht im Ernst? Und nun?"

„Du stehst doch bestimmt auf Wattwanderungen morgens um sechs."

HAMBURG-MITTE
SPEICHERSTADT

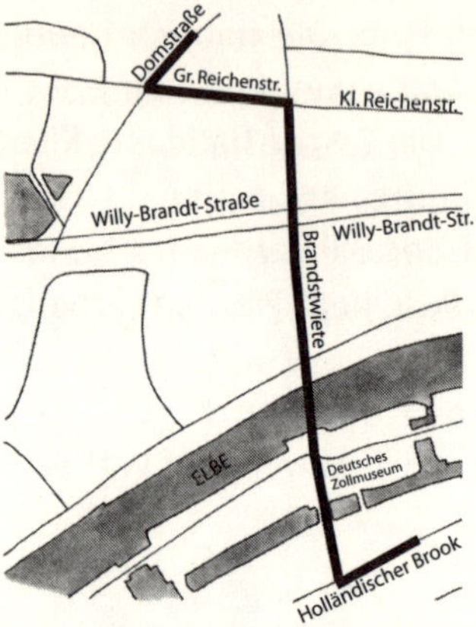

Für alle Fälle

Klaudia Jeske

Zigarettenpäuschen, wohlverdient.

Ich stehe vor dem Portal am Holländischen Brook und steck mir eine an. Dummerweise habe ich die Temperatur falsch eingeschätzt. Meine Jacke hängt drinnen in der Firma auf dem 3. Boden, so nennt man in der Speicherstadt die Stockwerke.

Dass ich frösteln muss, ist – wenn Sie mich fragen – der gesetzlich abgesegneten militanten Intoleranz von Gesundheitsaposteln zuzuschreiben!

Früher, als man in den Büros noch qualmen durfte, war es ein probates Mittel, kettenrauchend unliebsame Kollegen zu vergraulen. Man hat diese Leute quasi ausgeräuchert, bis sie die Flucht ergriffen und kündigten. Funktionierte natürlich nur bei Nikotin-Abstinenzlern.

Ich habe viele von denen kommen und gehen sehen im Laufe der Zeit. Seit sechsunddreißig Jahren arbeite ich am Holländischen Brook. Handelskontor Sielich & Söhne ist Ihnen vielleicht ein Begriff. Nie gehört? Dann sind Sie kein echter Hamburger!

Nur damit Sie wissen, wovon ich rede, hier ein paar Eckdaten: Hermann F. Sielich gründete 1903 das Handelshaus in der Speicherstadt, das in der fünften Gene-

ration in Familienbesitz ist. Unser Handelsschwerpunkt lag ursprünglich bei Naturdärmen, später bei pharmazeutischen Artikeln und Obstkonserven, inzwischen geht es hauptsächlich um Lebensmittelzusatzstoffe.

„Träumst du, Kaaki?" Markus Dompfke steht plötzlich neben mir. Er zündet sich eine Kippe an.

Unser Buchhalter ist eher untypisch für seine Zunft. Er nimmt nichts und niemanden ernst und vieles nicht so genau. Die meisten Kollegen finden ihn gewöhnungsbedürftig, aber ich mag ihn. Seltsamerweise teile ich diese Schwäche für ihn mit Jana Berginski. Das ist die Schnepfe, die kürzlich zur Chefsekretärin befördert wurde.

Nur so viel: Ich hatte mich ebenfalls für den Posten beworben. Tschja, Sie werden sich Ihren Teil denken, wenn ich Ihnen Folgendes verrate: Die Berginski ist zwanzig Jahre jünger als ich. Starkes Argument, oder?

Markus Dompfke also steht neben mir und inhaliert wie ein Matrose. Auf der anderen Straßenseite zieht Süleyman, der Teppichhändler, grüßend an uns vorbei. Er schleppt einen Kelim auf seinen Schultern. Wir winken zurück.

„Mir ist kalt“, sage ich ein wenig später.

Dompfke hält mir die Tür auf. Als ich an meinen Arbeitsplatz zurückkehre, entdecke ich einen dunkelroten Briefumschlag auf dem Schreibtisch. Ich ziehe zwei Tickets aus dem Kuvert: Ballett John Neumeier, Deutsche Staatsoper, heute Abend, vierte Reihe, um die einhundert Euro pro Stück. Oha!

„Vom Chef. Er wollte selbst hin, ist aber in Barcelona. Er hat gedacht, es wäre was für Sie ...“ Hinter meinem Rücken lauert Jana Berginski. Ich sehe mir die Tickets genauer an. „Beginn 19 Uhr! Wie soll ich das schaffen?“

„Machen Sie doch ausnahmsweise mal pünktlich Feierabend. Wie normal Sterbliche es manchmal tun“, sagt die Berginski spitz.

„Ihnen hat der Chef die Karten doch bestimmt zuerst angeboten“, erwidere ich ebenso schnippisch.

„Beim Ballett schlafe ich ein.“ Sie knallt mir ein paar Unterlagen auf den Tisch. „Wir brauchen das hier so bald wie möglich zurück.“

Mittagspause. Mein Magen knurrt. Ich mach mich auf den Weg zu Soup-City, einem Suppenbistro an der Kornhausbrücke gegenüber vom Zollmuseum. Wenn man den Hol-

ländischen Brook in Richtung Sankt Annen hinuntergeht, eröffnet sich einem ein Blick auf die kühlen Neubauten der Hafencity. Ich persönlich finde es ja großartig, was sich hier in den letzten Jahren getan hat. Die Speicherstadt profitiert von den neuen Quartieren.

Ich will gerade bei Sankt Annen einbiegen, da tritt mir eine junge Frau entgegen.

„Entschuldigung“, sagt sie. „Wie komme ich zum Block F?“

„Was suchen Sie denn dort?“

Die junge Frau stört sich an meiner Neugierde, das merke ich an ihrem Gesichtsausdruck. Etwas widerwillig gibt sie preis: „Ich suche das Atelier ‚Port Number One‘. Ein Fotoatelier ...“

In den ehemaligen Lager- und Kontorhäusern befinden sich neben den klassischen Handelsunternehmen der Teppich-, Tee- und Kaffeebranche heutzutage die Büros von Werbeagenturen, Finanzdienstleistern, Technologiefirmen und Medienunternehmen. Bestimmt ist auch das eine oder andere Fotoatelier dabei. Trotzdem ...

„Tschja, da muss ich Sie leider enttäuschen. Anscheinend hat Ihnen jemand einen Bären aufgebunden. In der Speicherstadt existiert kein Block F wie Fotograf!“

„Wie bitte?“ Ungläubig reißt sie ihre Kulleraugen auf. „Hier sind doch überall Buchstaben an den Häuserwänden. Das gesamte Alphabet. Irgendwo muss doch F sein ...“

Wenn es um die Speicherstadt geht, werde ich resolut. Und ein Quiddje macht mir schon gar nichts vor!

„Irrtum! Block F hat es noch nie gegeben. Außerdem fehlen die Speicherblöcke mit den Buchstaben A, B, C und J. Zerstört! Dafür gibt es das Hanseatic Trading Center. Der Block I hat nie existiert, weil das I dem J optisch wohl zu sehr ähnelt. Und Y und Z, die wurden ganz einfach nicht mehr gebaut. Weltwirtschaftskrise.“

Die Kleine schluckt. Sicherlich hat ihr irgendein Kerl das Blaue vom Himmel versprochen. Fotoaufnahmen, Modellkarriere ..., tschja.

Ich gehe weiter zu „Soup City“. Mir ist jetzt nach dem Schwarzwurzel-Sesamtopf. Lecker.

Ich muss rechtzeitig nach Hause fahren zum Umziehen, überlege ich, während ich die heiße Suppe schlürfe. Das Publikum ist immer so elegant bei Ballettaufführungen.

Die Vorstellung ist zauberhaft. Ich habe meine Nachbarin Ingetraud ins Ballett mitgenommen. Sie ist über siebzig, ein sanftes Lamm, immer sehr früh müde. Wir leisten uns ein Taxi. Ich lasse sie vor unserem Mietshaus aussteigen.

„Schlaf gut, Ingetraud“, sage ich. „Muss noch in die Firma!“

„Du arbeitest dich noch ins Grab, Doris“, sagt sie und droht mir mit dem Finger. Genauso macht sie es mit ihren Enkeln. Aber wie gesagt, sie ist ein Lamm. Wer nimmt es schon ernst?

Kurz vor Mitternacht. Bei Sielich & Söhne brennt Licht. Wer ist um diese Zeit noch im Kontor? Normalerweise bin ich morgens die Erste und abends die Letzte. An mir kommt keiner vorbei ... Sie verstehen?

Der alte Sielich mochte Einsatzbereitschaft bei seinen Mitarbeitern. Von ihm habe ich vor Jahren einen Generalschlüssel erhalten, so kann ich jederzeit ins Kontor gelangen.

Ich nehme den Fahrstuhl, schließe die Tür zum Büro auf. Gemurmel dringt in den Flur. Ich verharre auf der Stelle. Die Stimmen nähern sich. Einem Impuls folgend kehre ich um. Der Fahrstuhl steht bereit. Instinktiv entscheide ich mich dafür, die Treppe nach oben zu nehmen. Ich bin gerade außer Sichtweite, als die Bürotür auffliegt. Angespannt lausche ich einer gedämpften Stimme.

Kann das Jana Berginski sein? Ich bin fast sicher. Ein Bass ertönt. Es hört sich an, als spräche ein Mann mit einer heißen Kartoffel im Mund. Ein schwerer russischer Akzent vielleicht. Dann schließt sich die Fahrstuhltür. Ruhe.

Was macht Jana Berginski mit einem Fremden nachts im Kontor?

Irgendetwas stimmt hier ganz und gar nicht. Ich muss dringend nach dem Rechten sehen.

Die haben vergessen, das Licht im Flur zu löschen. Die Tür, die in Berginskis Vorzimmer führt, steht offen. Auch dort ist es hell erleuchtet. Ich hasse Stromverschwendung! Also gehe ich rein, um die Lampen zu löschen. Die Tür zum Büro des Chefs ist sperrangelweit geöffnet.

Zuerst glaube ich an eine Sinnestäuschung: Ein lebloser Mann sitzt mit starrem Blick auf dem Ledersessel vom Chef! Noch nie habe ich diesen Menschen gesehen. Was ist passiert? Warum hat niemand den Notarzt verständigt?

Mir wird ganz schwindelig vor Angst. Ich muss die Polizei rufen, schießt es mir durch den Kopf, da höre ich, wie die Kontortür geöffnet wird. Schnelle Schritte kommen näher: Der Russe! Ich brauche ein Versteck! Verzweifelt schlucke ich das Zuviel an Speichel hinunter, das sich in meinem Mund gebildet hat. Gleich wird mir übel! Ich zwänge mich hinter den alten Ohrensessel, ein wahres Monster unter den Sitzmöbeln dieser Welt, auf dem der alte Sielich seinerzeit mittags manchmal wegdöste. Ich schließe die Augen und bete still darum, nicht entdeckt zu werden.

Die Geräusche im Raum deuten darauf hin, dass jemand die Leiche entfernt. Auf dem Schreibtisch wird etwas hin und her geschoben. Plötzlich ist es dunkel. Die Kontortür fällt ins Schloss.

Eine ganze Weile lang traue ich mich nicht, mein Versteck zu verlassen. Zu sehr sitzt mir die Angst in den Knochen, der Mörder könnte zurückkehren. Erst als mir die Füße einschlafen, komme ich aus der Hocke hoch. Meine Augen haben sich an die Dunkelheit gewöhnt. Ich erkenne die Konturen der Möbel. Mein Herz pocht laut. Mit zitternden Fingern suche ich in meiner Umhängetasche nach dem Mobiltelefon. In diesem Moment explodiert etwas.

Ein Splitter trifft mich am Bein. Ich schreie auf vor Schmerz. Warmes Blut läuft an meiner Wade hinunter. Der Computer steht in Flammen. Die Rauchentwicklung wird immer heftiger. Ich schleppe mich aus dem Büro. Panisch drücke ich den Knauf der Vorzimmertür hinunter.

Im Flur wähle ich die 110.

Irgendjemand hat mir eine silberne Folie umgelegt. Ich klappere. Aber nicht vor Kälte.

„Da war ein Toter!“, beharre ich. „Warum glauben Sie mir nicht?“

„Sie stehen unter Schock“, sagt der flotte Notarzt, der mein verletztes Bein versorgt.

Er jagt mir gerade eine Beruhigungsspritze in den Arm, als Jana Berginskis zarte Gestalt am Rettungswagen auftaucht.

„Frau Kaak! Um Himmels Willen!“, jammert sie. „Was machen Sie nachts in der Firma?“

„Und Sie?“

„Der Chef hat mich aus dem Bett geklingelt. Er ist in Barcelona über den Brand informiert worden. Ich soll mal nach dem Rechten sehen, hat er gesagt.“

„Sein Computer ist explodiert. Wie geht so was?“

„Woher soll ich das wissen?“

„Was haben Sie mit dem Russen im Büro gemacht?“

„He?“

„Ich will mit der Polizei sprechen. Sofort“, sage ich zum Notarzt, der auf sein Handy starrt.

Die Berginski wischt sich mit einer Hand kurz vorm

Gesicht herum. Sie hält mich für plemplem. „Darf Frau Kaak nach Hause? Ich bin mit dem Auto da ..."

Der Notarzt nickt zerstreut. Er telefoniert. Die Berginski fasst mich am Ellenbogen. Ich fühle mich zu erschöpft, um mich zu wehren. Das Beruhigungsmittel wirkt. Gemeinsam gehen wir zu ihrem Wagen. Sie öffnet die Beifahrertür. Auf der Fahrerseite sitzt ein Mann.

„Tasso fährt", sagt die Berginski.

Ich steige ins Auto.

„Was ist los?", brummt der Mann neben mir. „Januschka, bist du verrückt!"

Jedes Wort klingt so, als wäre seine Zunge aus Blei.

„Das ist doch ...", meine Stimme erstirbt wie ein abgewürgter Motor.

Dann japse ich nach Luft. Schnell, immer schneller!

„Sie hyperventiliert", sagt der Russe.

Was dann passiert, ist zu bizarr. Nahezu unglaublich. Wie im Kino. Wir fahren ohne die Berginski los. Der Russe hält mir eine nach Apotheke riechende Plastiktüte vor den Mund und befiehlt mir, da rein zu atmen. Es funktioniert. Ich werde ruhiger. In einem schwach beleuchteten Hinterhof stoppen wir.

„Komm mit", sagt der Russe. „Ich zeige dir was."

In dem Ton, wie er es sagt, liegt etwas Bedrohliches. Er öffnet den Kofferraum. Einen Moment lang fürchte ich, er zieht mir eins über, und dann lande ich da drin.

Aber ... wie soll ich sagen: Es ist bereits besetzt!

„Wenn du was über die Vorkommnisse zu den Bullen oder sonst wem sagst, ergeht es dir wie dem da", raunt der Russe mir zu. „Du schweigst wie ein Grab. Verstanden!"

Im Kofferraum liegt der Tote aus dem Kontor.

Seit jener Nacht bin ich auf der Hut.

Noch immer arbeite ich bei Sielich & Söhne.

Sie erinnern sich: Ich bin die Erste, die kommt, und die Letzte, die geht. Mein Tagwerk erledige ich in der Art, wie ich es all die Jahre über gehalten habe: zuverlässig und sorgfältig.

Doch das Einzige, was mich hier wirklich noch interessiert, ist Jana Berginskis Geheimnis. Macht sie krumme Geschäfte? Hat sie den toten Mann auf dem Gewissen? Welche Rolle spielt der Russe in ihrem Leben?

Die Berginski behauptet, sie selbst habe mich – benebelt von dem Beruhigungsmittel – nach dem Brand nach Hause gefahren. Ich weiß nicht, wie ich das Gegenteil beweisen soll.

Angeblich ist der Computerbildschirm wegen eines technischen Defekts explodiert. Ein Tischfeuerchen, das sich etwas ausgeweitet hat. Alle Kollegen haben Verständnis für mich und meine überreizten Nerven gezeigt. Wer hätte an meiner Stelle nicht auch überreagiert? Nachts, so ganz allein in der Firma! Manche verdächtigen mich, den Brand selbst ausgelöst zu haben.

Absurd, oder?

Nur so viel: In meiner Tasche befinden sich neuerdings eine Dose Pfefferspray und ein scharfes Küchenmesser.

Für alle Fälle.

Altona

Altona ist der westlichste Verwaltungsbezirk der Freien und Hansestadt Hamburg. Während die zentralen Stadtviertel von dichter Bebauung aus der Zeit der Jahrhundertwende geprägt sind und ein ausgesprochen urbanes Ambiente vermitteln, präsentieren sich die Elbvororte mit großen, zum Teil parkähnlichen Grundstücken, herrschaftlichen Villen und üppiger Begrünung hanseatisch gediegen bis ländlich-dörflich. In Blankenese und in Neumühlen (Othmarschen) erinnern außerdem viele kleine Häuser noch an die Zeit des Fischfangs und des Lotsenwesens an der Elbe.

Über die Entstehung des wohlklingenden Namens „Altona" kursieren mehrere Geschichten: Eine sehr beliebte Version ist die über eine Wette unter Hamburger Kaufleuten, wonach ein Teil der Kaufmannschaft eine neue Ansiedlung errichten wollte, um zu beweisen, dass diese Hamburg wirtschaftlich übertreffen könne. Um den Standort der neuen Stadt zu bestimmen, verbanden die Hamburger einem Waisenknaben die Augen und befahlen ihm, Richtung Westen loszulaufen. Wo er hinfiele, solle die neue Siedlung entstehen. Dank der Augenbinde strauchelte der Junge natürlich ziemlich bald, worauf die Hamburg-Getreuen aufstöhnten: „Dat is all to nah!" („Das ist viel zu nah!").

Nach sprachwissenschaftlicher Herleitung soll der Name Altona aber auch von dem elbaufwärts gelegenen Bach Aldenawe oder Altenau herrühren können, dessen Lage allerdings nicht mehr genau bestimmbar ist.

HAMBURG-ALTONA
BLANKENESE

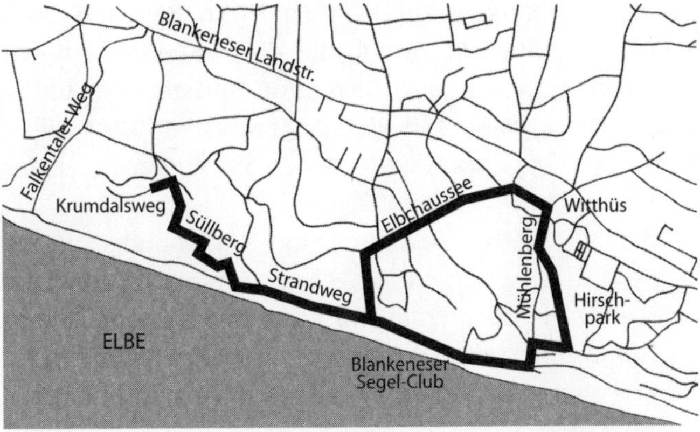

Aug' um Auge, Mord um Mord

Ellen Balsewitsch-Oldach

„Sie können dann Feierabend machen, Luise." Mit einem knappen Lächeln nickte Christian Hansen seiner Haushälterin zu, die gerade mit dem abgeräumten Teegeschirr das Wohnzimmer verließ.

Hansen stand aus seinem Sessel auf und blickte durch die Scheibe der Terrassentür. Draußen setzte die Dämmerung ein. Er genoss den Blick über die Dächer der tiefer gelegenen Häuser am Blankeneser Elbhang und auf die Elbe. Ein Containerschiff glitt Richtung Hafen vorbei, seine Lichter spiegelten sich verzerrt im Wasser. Die Standuhr in der Zimmerecke ließ ihren satten Westminstergong ertönen. Hansen sah aufs Zifferblatt – sechzehn Uhr, es wurde

Zeit für seinen täglichen Rundgang.

Im Flur schlüpfte er in seine Caban-Jacke, die ihm – zusammen mit dem kurz geschorenen weißen Haarkranz und dem wettergegerbten Gesicht – ein seemännisches Aussehen verlieh. Er verließ die Villa unbemerkt durch den Dienstboteneingang. Sein Sohn musste nicht unbedingt wissen, wann er fortgegangen war und vor allem nicht, dass er sich am Ende seines Spaziergangs wieder mit Marianne treffen wollte.

Michael hätte bestimmt mit Ablehnung darauf reagiert, dass er sich mit einer Frau verabredete. Michaels Mutter, Hansens Frau, war vor fünf Jahren bei einem Segelunfall ums Leben gekommen, und selbst nach so langer Zeit schien der Sohn ihren Tod noch nicht überwunden zu haben.

Hansen schritt kräftig aus. Das Wetter war typisch für einen Novembernachmittag in Hamburg – ein kräftiger Westwind trieb bei milden Temperaturen Wolken, Regenschauer und aromatische Seeluft die Elbmündung hinauf. Nach seiner gewohnten Runde – über Krumdals Weg durchs Hangviertel zur Elbe hinunter und am Strandweg in Richtung Schiffsanleger Op'n Bulln entlang – bog Hansen über die nächste Treppe in die Blankeneser Hauptstraße ein und marschierte die Elbchaussee entlang, bis er beim Hirschpark angelangt war. Die Silhouetten der alten Rhododendren erschienen ihm wie eine Versammlung hockender Riesen.

Eilig legte er die letzten Meter bis zum Witthüs zurück. Das weiße, reetgedeckte Gebäude empfing ihn beim Eintreten wie ein alter Freund. Suchend blickte er sich im weitläufigen Gastraum um. Noch war Kaffeezeit und die meisten Gäste des Lokals saßen vor beachtlichen Stücken hausgebackenen Kuchens und tranken Tee aus den schlicht-weißen besonderen Porzellantassen des Hauses. Wie immer war dezent klassische Musik zu hören. In Gedanken versunken nahm Hansen Platz.

Nur widerwillig hatte er sich mit sechzig Jahren aus der Leitung seiner Reederei zurückgezogen. Wie er befürchtet hatte, fühlte er sich in der großen Villa am Elbhang zunehmend einsam, zumal sein Sohn, der nun die Firma allein führte, meistens abends lange im Geschäft blieb oder auf Reisen war. Als Hansen im Witthüs vor einiger Zeit Marianne kennengelernt hatte, war er wieder aufgeblüht, aber er hatte seine neue Bekanntschaft vor Michael verheimlicht, um unerfreulichen Diskussionen darüber aus dem Weg zu gehen.

Er traf sich inzwischen häufig mit Marianne, meistens im Witthüs, von wo aus sie ausgedehnte Spaziergänge kreuz und quer durch die malerischen Gassen des Treppenviertels und an der Elbe entlang unternahmen, manchmal bis zum Römischen Garten oder zum Falken-

steiner Ufer. Neugierig hatte Marianne nach dem Burgturm gefragt, der über dem Süllberg aufragte. Hansen hatte ihr erklärt, dass er aus dem späten 19. Jahrhundert stammte und zu einem traditionellen Ausflugslokal gehörte, das heute zu einem gehobenen Hotelrestaurant umgebaut worden sei. Spontan hatte er sie dorthin zum Abendessen eingeladen. Seitdem liebte Marianne es besonders, von ihm ins Süllberg-Restaurant ausgeführt zu werden.

Hansen kam es so vor, als ob der Saal mit dem edlen Damast, den vergoldeten Bestecken und den Kristallleuchtern auf den Tischen für Marianne die perfekte Bühne war, um die Dame von Welt zu spielen. Nun ja, von ihrem äußeren Erscheinungsbild her konnte Hansen sich mit ihr – ungeachtet ihrer Vorliebe für leuchtende Farben – durchaus an den Orten sehen lassen, an denen er gewöhnlich verkehrte.

Unter dieser Oberfläche strahlte Marianne eine Erotik aus, die Hansen in ihrer Offenheit anzog und in ihrer Eindeutigkeit gleichermaßen abstieß. Die Diners auf dem Süllberg endeten fast regelmäßig in einem der eleganten Hotelzimmer.

Hansen war einfach fasziniert von Marianne mit ihrem karottenroten Schopf und dem losen Mundwerk. In den Anfangstagen ihrer Beziehung hatte er sie sich manchmal sogar als Hausherrin in seiner Villa vorstellen können. Schon oft hatte er sich vorgenommen, sie zu einem Besuch bei sich zu Hause einzuladen – mit optionaler Übernachtung und anschließendem Frühstück natürlich, sozusagen auf Probe. Aber er hatte immer ein leichtes

Unwohlsein verspürt, wenn er kurz davor gewesen war. Bis jetzt war daher nichts daraus geworden und heute spielte es sowieso keine Rolle mehr ...

Weiter kam Hansen mit seinen Überlegungen nicht. Die Bedienung des Witthüs nahm seine Bestellung auf. Hansen ließ sich einen russischen Rauchtee mit Rum-Kirschen kommen. Er löffelte die Früchte in die Tasse, übergoss sie mit dem herben Tee und schlürfte Schale um Schale aus. Schließlich war die Kanne leer und Marianne immer noch nicht erschienen. Hansen fand, nun habe er lange genug gewartet. Er zahlte und ging.

Vor dem Lokal blickte er sich noch einmal vergeblich suchend um, dann lief er zügig den Mühlenberg hinunter, um auf dem Strandweg direkt an der Elbe nach Hause zu gehen.

Am Jollenhafen Mühlenberg machte er einen Abstecher zu seinem Segelboot, das dort am Steg lag. Marianne hatte die „Alte Liebe“ sehr bewundert und behauptet, eine begeisterte Seglerin zu sein. Vielleicht waren Hansen da zum ersten Mal Zweifel gekommen, ob er sie eigentlich überhaupt richtig kannte oder ob sie ihm bloß eine

Marianne vorspielte, die ihm gefallen sollte. Denn selbst eine Frau ohne große seefahrerische Kenntnisse, die wenigstens einmal mit echten Seglern einen Törn mitgemacht hat, hätte die Leinen nicht als „Strippen“ und den Großbaum nicht als „Stange“ bezeichnet.

Mit diesen Gedanken wollte Hansen den Rundgang an Deck seines Bootes beenden, blickte aber noch einmal prüfend ins Wasser, wo er ein Stück aufgeblähtes Tuch treiben sah. Ein Stück Tuch, das verteufelt nach dem Rücken eines Mantels aussah, eines Mantels in einem sehr speziellen Rostton, wie Hansen ihn bisher nur an Marianne gesehen hatte.

Das ausgebeulte Tuch bewegte sich im Takt der Wellen, die durch eine Windbö entstanden waren, und gab den Blick auf ein Büschel ebenfalls rostroter Haare frei. Hansen hielt den Atem an. Nachdenklich starrte er ins Wasser. Dann löste er zögernd den Bootshaken aus seiner Befestigung und hangelte nach dem Bündel. Der Haken fand Halt. Vorsichtig zog Hansen seinen Fund im Wasser mit, während er sich über den Steg ans Ufer tastete, und schaffte es schließlich, den tropfnassen Körper an Land zu ziehen.

Inzwischen war es fast ganz dunkel geworden, aber es gab keinen Zweifel: Vor ihm lag Marianne – und Marianne war tot. Ein Griff an die Halsschlagader bestätigte es ihm. Automatisch zog er sein Handy aus der Jackentasche, steckte es aber wieder ein, nachdem er sekundenlang unschlüssig vor der Leiche gestanden hatte.

Nervös nagte er an seiner Unterlippe. Schließlich blickte er verstohlen um sich, und als er niemanden entdecken konnte, ließ er den Körper unauffällig wieder ins Wasser gleiten und machte sich auf den Heimweg.

„Herr Hansen", der Staatsanwalt zupfte ungeduldig am Ausschnitt seiner Robe, „Sie hatten ein Motiv, die Mittel und die Gelegenheit, Marianne Müller umzubringen! In Frau Müllers Unterlagen fanden wir Hinweise, dass Sie zu dem Kreis der reicheren Männer gehörten, die sie ‚ausnehmen' wollte. In Ihrem Schreibtisch fanden wir eine Notiz, dass Sie Frau Müller auf die Schliche gekommen waren. In Ihrem Terminkalender steht eine Verabredung mit Marianne Müller zum Zeitpunkt ihres Todes, für den Sie im Übrigen kein Alibi haben. Neben dem Termin haben Sie vermerkt: ‚Endgültig Schluss!'. Mit Ausrufungszeichen. Und damit nicht genug: Am Bootshaken, mit dem Frau Müller nachweislich erschlagen wurde, waren ausschließlich Ihre Fingerabdrücke. Dass Sie nach dem angeblichen Fund der Leiche nicht die Polizei gerufen haben, entlastet Sie auch nicht gerade."

Hansens Anwalt wischte sich fahrig die Stirn. „Ich hab's Ihnen ja gesagt!", zischte er seinem Mandanten zu.

„Aber ich *habe* Marianne nicht umgebracht!", begehrte Hansen auf. „Meine Güte – ja, ich habe sie gefunden, aber als ich sah, dass man nichts mehr für sie tun konnte, dachte ich, ich könnte mir unter den gegebenen Umständen die Scherereien mit der Polizei und die Peinlichkeiten in der Öffentlichkeit ersparen. Das war sicher ein Fehler, aber ich hab sie doch nicht ermordet!"

Der Richter winkte entnervt ab. Hansen sah sich um. Erleichtert stellte er fest, dass sein Sohn inzwischen im

Zuschauerraum saß. Was hätte Hansen darum gegeben, wenn eine Geste von Michael ihm jetzt den Rücken gestärkt hätte, aber ganz offensichtlich vermied Michael jeden Blickkontakt mit ihm.

Hansen wünschte sich, einfach aufwachen und feststellen zu können, dass alles nur ein Albtraum war. Ein Albtraum, der in dem Moment begonnen hatte, als Passanten Marianne entdeckt und die Polizei gerufen hatten. Umgehend war der gesamte Staatsapparat auf Hochtouren gebracht worden. Eine Reihe von Zeugen hatte die Tote auf den Fotos der Kriminaltechnik wiedererkannt, die Verbindung zwischen ihr und Hansen war mehrfach bestätigt worden und seine Villa daraufhin durchsucht.

Als er in der Untersuchungshaft das erste Mal mit seinem Anwalt hatte sprechen dürfen, hatte Hansen sehr ungehalten darauf reagiert, dass die Anklage auf Mord lauten sollte. Geradezu wütend war er geworden, als sein Anwalt ihn drängte, aufgrund der Beweislage auf Totschlag zu plädieren. Hansen beteuerte – ungeachtet der ständig anwachsenden Zahl von Indizien – hartnäckig seine Unschuld.

Hansens Anwalt hielt nun sein Schlussplädoyer. Es wirkte wenig überzeugend und das Gericht erkannte auf „lebenslänglich".

Eine Woche später saß Michael bei Hansen im Besuchsraum der Haftanstalt Fuhlsbüttel.

Aufgebracht forderte Hansen: „Du *musst* einfach versuchen, irgendetwas zu finden, das meine Unschuld beweist! Zumindest etwas, das meine Schuld als zweifelhaft erscheinen lässt! Oder glaubst du, dass ich sie umgebracht habe?“

Michael blickte sich nach dem Wachposten um, der aber zu weit entfernt war, um das Gespräch mithören zu können. „Ich verstehe gut, dass du mich nach Beweisen suchen lassen willst, die dich entlasten“, sagte Michael verständnisvoll.

Dann änderte sich sein Tonfall. „Aber genau das werde ich nicht tun. Glaub doch nicht, dass ich von deiner Bekanntschaft mit dieser Marianne nichts erfahren hätte. Ich habe mich vorsorglich nach ihr erkundigt – und ich habe es dir gegönnt, dass du auf eine kleine Schlampe von Hochstaplerin hereingefallen bist, die bloß auf dein Geld aus war. Letzten Endes hast du sie also doch noch durchschaut ... aber ob *du* sie nun umgebracht hast oder einer der anderen alten Narren, die sie ausnehmen wollte oder ausgenommen hat, ist mir, ehrlich gesagt, egal ...“

„Sag mal – was soll das alles?,“ warf Christian Hansen fassungslos ein.

„Denk mal an unseren letzten Segeltörn mit Mutter, vor fünf Jahren auf der Ostsee“, erwiderte Michael. „Ich habe dich bei deinem ungeschickten Wendemanöver vor dem ‚Unfall‘ beobachtet und mich gefragt, wie einem geübten Segler wie dir so etwas überhaupt passieren konnte. Erst als ich die Reederei übernahm und die Unterlagen sichtete, habe ich verstanden: Du bist damals absichtlich so gefahren, dass Mutter vom Großbaum getroffen wurde und ohnmächtig im Meer ertrunken ist. Sobald ihr klar geworden wäre, dass du mit unzulässigen Börsenspekulationen ein Vermögen verloren hattest, hätte sie ihr gesamtes Kapital aus dem Unternehmen gezogen und du wärst bankrott gewesen. Deshalb musste sie sterben! Leider habe ich für deinen Mord an Mutter niemals handfeste Beweise finden können. Aber für *diesen* Mord wirst du hinter Gittern sitzen!“

Michael stand auf und nickte dem Wachposten zu. Im Hinausgehen wandte er sich noch einmal zu Hansen um. „Ich wünsche dir ein langes Leben, Vater“, sagte er mit erstickter Stimme.

Dann fiel die Tür hinter ihm ins Schloss.

HAMBURG-ALTONA
OTTENSEN

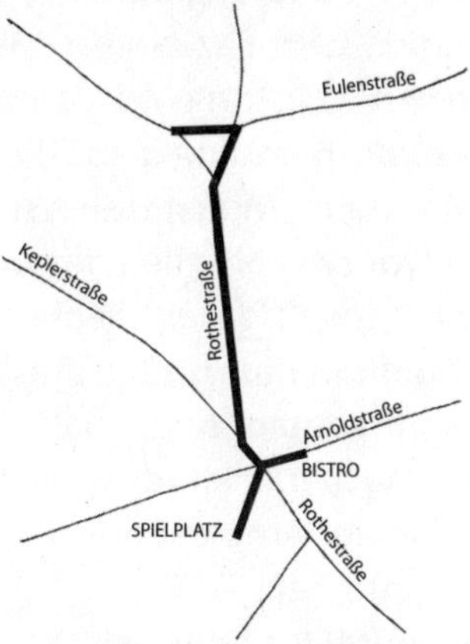

Tod im Roth

Dirk-Uwe Becker

„... schon bildeten Gedankengeflechte und eine Beziehungswärme, die weit in seine Vergangenheit hinein reichte, einen schützenden Kokon um seinen Körper. Traumschatten flogen über ihm durch die Wipfel der Bäume, auf der Suche nach dem Sinn des Lebens, und fanden doch nur Schlaflosigkeit bei den Bewohnern der Parkallee. Jeden Morgen werden neue Würfel ausgegeben, kann das Spiel verändert werden, sagte er sich, kurz bevor er einschlief."

Es trat eine kleine Pause ein, dann wurde im Kellerraum des Bistros Roth in der Arnoldstraße in Hamburg-Ottensen heftig applaudiert. Die Zuhörer ließen das Ende der Geschichte, die ich für meine Freundin Wiebke Drucker vorgetragen hatte, noch eine Weile auf sich wirken.

Die Ottensener Autorengruppe „Textfabrique51", die ihren Namen aus dem Sitz einiger Mitglieder in der nahebei gelegenen Eulenstraße 51 ableitete, hatte zur „Offenen Lesebühne Hamburg-West" eingeladen. An jedem zweiten Montag im Monat trafen sich Autoren und Zuhörer, um für etwa zwei Stunden mit Geschichten und Gedichten der Alltagswelt zu entfliehen. Nachdem das vorherige Lese-Domizil, das Bistro „Kaffeerausch", vor einigen Monaten ausgebrannt war, hatte die Lesebühne im sogenannten Raucherkeller des als Literaturkneipe bekannten „Roth" in der Arnoldstraße, Ecke Rothestraße, ihre neue Heimat gefunden.

„Das war's für heute! Ich hoffe, wir sehen uns in einem Monat wieder!" Mit einem Blick in die doch wieder sehr große Runde bedankte sich Moderatorin Maureen, Mitglied der „Textfabrique51", bei den Autoren und Zuhörern und wies auf den Büchertisch hin.

Nach kurzem Smalltalk mit einigen interessierten Zuhörern stieg ich die Treppe hoch ins Lokal. Hinter dem Tresen zapfte Jasmin gerade ein Bier. In ihren hautengen Strumpfhosen und dem knappen Shirt zog sie stets die Blicke der Gäste auf sich.

„Ist Rahman da?", fragte ich.

Mit dem Inhaber des Bistros musste ich noch einige Dinge für die nächste Veranstaltung klären. Jasmin schüttelte den Kopf. Das sollte bedeuten: Wahrscheinlich ist Rahman draußen vor der Tür und raucht. Nachdem ich meine Getränke und das Essen bezahlt hatte, nahm ich die Büchertasche, drehte mich um und wäre fast mit Dieter Kaiser zusammengestoßen.

„Eine Schweinerei ist das!", murmelte Dieter und starrte mit vor Erregung weit aufgerissenen Augen auf die Pinnwand neben dem Eingang.

„Was ist denn los?"

Seit Gründung der Lesebühne war Dieter bei fast jeder Lesung dabei und ich kannte ihn als sehr ruhigen und unauffälligen Autoren, der überwiegend sozialkritische und politische Lyrik- und Prosatexte schrieb. Es war schon ungewöhnlich, dass man ihn „auf Zinne" sah.

„Der hat mein Buch geklaut!"

Dieter deutete mit dem Finger auf einen aus der MoPo, der Hamburger Morgenpost, herausgeschnittenen Artikel an der Pinnwand: „Ein neuer Hamburger Autor und das Geheimnis von Teufelsbrück".

„Das ist meine Recherche", kam es Dieter, fast unter Tränen, über die Lippen. „Ich habe Wochen dafür gebraucht, Fotos geschossen, Interviews gemacht, in verschiedenen Stadtarchiven gewühlt. Und nun das!" Er zitterte am ganzen Leib. Vorsichtig lege ich einen Arm um seine Schulter, um ihn zu trösten.

„Das Gemeine ist, dass es nur Mark sein kann, dieser ‚neue Hamburger Autor'!" Dieter betonte dabei den letzten Teil des Satzes besonders stark.

„Wir haben uns auf einer Exkursion des Fotoclubs der Volkshochschule Stade kennengelernt. Deshalb habe ich ihm auch von meinem neuesten Projekt erzählt und ihm den Entwurf und die Fotos gezeigt. Er war ganz begeistert, hat mich ein paar Mal besucht, und wir haben über die Fotos gesprochen und die Geschichten, die hinter den Bildern stehen. Mark wusste, wo bei mir alles aufbewahrt wurde. Als ich unterwegs war, um für uns Kuchen zu besorgen, muss er alles fotografiert haben. Anders kann ich mir das nicht erklären! Auf der nächsten ‚Offenen Lesebühne' wollte ich euch mein neues Buchprojekt vorstellen und mir dann einen Verleger suchen. So 'ne Scheiße!"

Wenn ich das geahnt hätte!

Mir war wohl bekannt, dass sich Dieters Lieblingsthema rund um die Anlegestelle Teufelsbrück drehte. Aber dass er an einem Buch darüber arbeitete und damit kurz vor der Veröffentlichung stand, das war mir neu.

Als mir Mark Sievert das fertige Manuskript auf den Tisch gelegt und mich gefragt hatte, ob er es in meinem Kleinverlag herausbringen könnte, warum hätte ich zögern sollen? Die Geschichte war gut recherchiert, die Fotos waren erstklassig.

Beim flüchtigen Überfliegen des MoPo-Artikels schien es mir, dass weder Verlag noch Autor erwähnt wurden. Es gab ein Titelbild vom Anleger Teufelsbrück und ein kleineres vom Jenischpark und etwa eine halbe Seite Text. Nicht nur auf Dieters Stirn glänzten Schweißtropfen.

„Hör mal", sagte ich in beruhigendem Tonfall zu Dieter, „vielleicht ist alles nur ein Versehen und Mark war an einer ähnlichen Geschichte dran, hat aber eben schneller einen Verleger gefunden."

Dieter schüttelte resigniert den Kopf. „Du kennst seine Texte nicht. Die sind grottenschlecht. Deshalb wollte ich ihn ja auch hier mit in die Leserunde bringen und habe ihm den Schreibkurs bei unserer Moderatorin Maureen

Beaufield ans Herz gelegt. Nur seine Fotos, die haben ein gewisses Niveau. Meine sind aber um Längen besser. Nein. Das ist eindeutig meine Geschichte und das sind meine Fotos!“

Ich zog Dieter mit nach draußen vor die Tür. „Komm, überschlaf die ganze Situation noch mal. Du kannst doch versuchen, eine andere Story über Teufelsbrück zu schreiben oder über Finkenwerder oder die Perlenkette oder die Lotsenhäuser in Övelgönne. Es gibt so viele interessante Bereiche hier an der Elbe, die man literarisch verarbeiten kann.“

Dieter gab mir zum Abschied die Hand und sagte: „Ich hole mir meine Geschichte wieder. Darauf kannst du dich verlassen!“

Über dem Kinderspielplatz, neben der Imbisshalle vis-a-vis beim Roth, verschwand gerade der Mond hinter einer Wolkenwand. Vor dem schräg gegenüberliegenden Café Olé, das Rahmans Schwager gehörte, unterhielten sich einige Gäste draußen auf den Holzbänken, in dicke Decken gehüllt. Es war November, für diese Jahreszeit aber erstaunlich warm.

Eigentlich hatte ich vorgehabt, im Olé noch einen Galao zu trinken. Aber jetzt wollte ich nur nach Hause.

Am nächsten Tag saß ich im Roth vor meinem Lieblingsgericht, Grünkohl mit Bratkartoffeln, aber ohne Schweinebacke und Kassler, dafür mit zwei von diesen leckeren Kochwürsten. Aus dem Radio plärrte fetziger Rap. Rahman kam gerade mit zwei Gerichten aus der Küche, als die Eingangstür aufflog.

„n'Abend! Kommissar Keller. Ich untersuche den Tod von Dieter Kaiser", polterte der Beamte los und man sah es schon seiner wuchtigen Statur an, dass er nicht zu den feinfühligen Menschen gehörte.

Fast hätte ich mich an einem Stück Kochwurst verschluckt.

Der Kommissar steuerte direkt auf Rahman zu. „Sind Sie der Wirt?"

Rahman nickte. „Gibt es hier jemanden, der zur Person von Dieter Kaiser irgendetwas sagen könnte?"

Rahmans Blick irrte zwischen dem Kommissar und mir hin und her. Der Kommissar folgte Rahmans Augenspiel und kam dann an meinen Tisch. „Herr ...? Wie ist Ihr Name?"

Ich nannte ihm meinen Vor- und Nachnamen und aß weiter meinen Grünkohl.

„Kannten Sie Herrn Kaiser?"

Ich nickte. „Sicher. Er war Gast unserer ‚Offenen Lesebühne' und erst gestern Abend hier im Bistro mit uns zusammen."

Der Kommissar notierte sich etwas auf einem Block. „Können Sie mir eine Liste der Anwesenden geben, die Kontakt mit Herrn Kaiser hatten?"

Ich nickte nochmals.

„Und dann, nach der Lesung, ist Ihnen da irgendetwas aufgefallen?"

Ich überlegte, was ich sagen könnte. „Dieter hat sich gegen halb zehn gestern Abend von mir am Eingang verabschiedet und ist die Arnoldstraße hinunter in Richtung Altonaer Bahnhof verschwunden. Ich bin vom Roth aus direkt in meine Wohnung gegangen, Eulenstraße 51. Brauchen Sie Zeugen dafür?"

Der Kommissar schüttelte den Kopf. „Wir haben Herrn Kaiser heute Morgen auf dem Spielplatz schräg gegenüber

vom Bistro gefunden. Er saß auf einer Parkbank, fast als ob er schliefe. Aber er war tot, wahrscheinlich vergiftet."

Bei den Ausführungen des Kommissars hatte ich mehrfach genickt und dabei meinen Grünkohl hinuntergewürgt.

„Herr Kaiser muss gestern Abend oder in der Nacht noch zum Roth zurückgekommen sein. Warum? Das müssen wir klären."

Kommissar Keller erhob sich von meinem Tisch und ging zu Rahman. Beide unterhielten sich leise, wobei der Kommissar weitere Notizen in sein kleines Büchlein schrieb. Anschließend ließ er seinen Blick durch das Bistro schweifen und ging hinunter in den „Raucherkeller".

Ich bezahlte bei Jasmin mein Bier. Sie trug heute ein sehr tief ausgeschnittenes Dekolleté, aber dafür hatte ich keine Augen. Beim Verlassen des Roth fiel mein Blick auf die Pinnwand. Es hing dort kein Ausschnitt aus der MoPo mit der Buchankündigung von Teufelsbrück mehr.

Auf dem Weg zurück in meine Wohnung dachte ich daran, wie ich Mark Sievert kennengelernt hatte. Fast jeden Mittwoch war ich im Restaurant „Nostalgia bei Sotiris", das praktischerweise direkt neben meiner Wohnung lag. Man hatte kurze Wege und konnte quasi in Pantoffeln speisen gehen. Bei Janni, so hieß der Wirt, fand man allerbeste griechische Küche und es gab immer einen Ouzo extra.

Eines Abends hatte ich mich wegen Überfüllung des Lokals zu einer Gruppe an den Tisch setzen müssen und war mit den Leuten ins Gespräch gekommen. So hatte ich Mark Sievert kennengelernt. Als ich unsere Autorengruppe und die Lesebühne im Roth erwähnt hatte, zeigte mir Mark einige Textproben, die er gerade dabei hatte. Aber es war nur mittelmäßiger Durchschnitt gewesen. Deshalb hatte es mich überrascht, als er vor ein paar Tagen mit dem Manuskript über Teufelsbrück angekommen war.

„Du bist auch Fotograf?", war meine Frage gewesen. Mark hatte genickt und irgendetwas von einem Fotokurs an der Volkshochschule Stade und verschiedenen Schreibworkshops erzählt, die er besucht haben wollte. Mein angeborenes Misstrauen unbekannten Autoren gegenüber hätte mich eigentlich warnen sollen. Der plötzliche Qualitätssprung in Marks Texten war nicht zu übersehen gewesen.

Aber ich hatte nur Augen für dieses erstklassige Werk gehabt, das da vor mir lag und in meinem Verlag herauskommen sollte. Damit würde ich auf der Buchmesse in Leipzig wieder einmal punkten können!

Obwohl mich die Unterredung mit dem Kommissar heute Mittag etwas mitgenommen hatte, war ich am Abend wieder im Roth. Das Bistro war um diese Zeit nur mäßig besucht und Rahman hatte Zeit, sich zu mir zu setzen. Bevor wir aber so richtig losplaudern konnten, betrat Kommissar Keller das Lokal und kam direkt zu uns an den Tisch.

„Der Fall ist abgeschlossen, meine Herren!", begann er gleich das Gespräch. „Wir haben den Mörder, einen gewissen Mark Sievert! Wir sind auf ihn gestoßen, als wir die letzten Telefonverbindungen von Herrn Kaiser überprüft haben."

Schweißperlen bildeten sich auf meiner Stirn, meine Hände zitterten, ich verstand kaum, was der Kommissar sagte.

„Auf dem Anrufbeantworter in seiner Wohnung war

ein Anruf von Dieter Kaiser gespeichert, gestern Abend um 22.30 Uhr. Er beschuldigt Herrn Sievert der Urheberrechtsverletzung und des Diebstahls von Texten und Fotos und hat gedroht, ihn bei der Polizei anzuzeigen, wenn er sich nicht sofort bei ihm meldet."

Der Kommissar schüttelte missbilligend den Kopf, bevor er weitersprach. „Glücklicherweise lag die Buchungsbestätigung eines Reisebüros auf Sieverts Schreibtisch, so dass wir wussten, dass er heute Morgen nach Venezuela abhauen wollte."

Plötzlich sah der ansonsten so robust wirkende Kommissar richtig betroffen aus. „Als wir Herrn Sievert auf dem Flughafen Fuhlsbüttel abfangen wollten, hat er sich zur Wehr gesetzt. Er hat versucht zu fliehen und wurde dabei versehentlich von einem unserer Beamten erschossen."

Ich stieß die angehaltene Luft aus und hoffte, dass man mir meine Erleichterung nicht ansah.

Der Kommissar blickte mir ins Gesicht. „Sie haben uns verschwiegen, dass Sie gestern Nacht auch noch mit ihm telefoniert haben. Was wollte er denn so spät noch von Ihnen? Sie hatten sich doch eben erst gesprochen."

„Er hatte seine Mütze liegen lassen und wollte wissen, ob ich sie gefunden habe", antwortete ich lahm und war froh, dass ihn diese Antwort zufriedenstellte.

Nachdem der Kommissar gegangen war, brachte mir Rahman ein neues Bier an den Tisch. „Alles klar bei dir, mein Freund?", fragte er.

Ich nickte. Er lächelte und sah mich mit seinen unergründlich dunklen Augen an. „Traurig, das mit Dieter. Er war ein guter Autor, hatte schöne Geschichten und brachte es mit seiner Lyrik immer auf den Punkt." Mir schien, als wäre da ein spöttisches Funkeln in Rahmans Augen.

„Allahs Wege sind verschlungen und sein Wille ist unergründlich", sinnierte Rahman, wobei er seine großen dunklen Pupillen auf mich heftete: „Du hast gestern Morgen etwas von einem neuen Buchprojekt gefaselt, das dich wieder nach oben katapultieren soll. Los, erzähl mal, um was genau handelt es sich?“

Es war doch immer wieder erstaunlich, wie Wege sich manchmal kreuzten und welch verrückte Schleifen sie ziehen konnten. Wie Dieter war auch ich schon immer ein begeisterter Fotograf gewesen und hatte begonnen, eine Geschichte über den Elbwanderweg und Teufelsbrück, über Övelgönne und den Jenischpark zu schreiben. Irgendwie kam ich dabei aber nicht so richtig voran. Irgendwie waren mir die Ideen ausgegangen.

Es schien, als hätte ich eine Schreibblockade, die leider viel zu lange andauerte, fast ein Jahr lang. Da war Mark mit seinem Manuskript ein Geschenk des Himmels! Hier stimmte alles – der Text zu den Fotos, die stimmungsvollen Bilder, selbst der Aufbau des Buches. Das Ding würde ein Renner werden und sich fast von alleine verkaufen. Einen Nachteil hatte es aber dennoch. Es war nicht von mir, dem in der Hamburger Literatenszene immer noch bekannten Autoren, sondern von einem mittelmäßigen, unbekannten Schreiberling.

Deshalb hatte ich Mark den Vorschlag gemacht, mir das Teufelsbrück-Manuskript zu übereignen, damit ich es unter meinem Namen veröffentlichen konnte. Dafür sollte Mark eine stattliche Summe von mir erhalten, mit der er seinen lang gehegten Traum von einer Weltreise in die Tat umsetzen konnte. Zudem hielt ich es für besser, dass Mark erst einmal aus der Gegend verschwand, bevor ich das Buch auf dem Markt präsentierte. Soweit schien ich alles im Griff gehabt zu haben. Glaubte ich.

Dann kam gestern Nacht der Anruf von Dieter. Er müsse unbedingt mit mir sprechen, besser noch, wir träfen uns persönlich, so von Angesicht zu Angesicht. „Ich will deine Augen sehen!“, schrie er mit sich überschlagender Stimme ins Telefon. Wir verabredeten uns für Mitternacht auf dem Spielplatz in der Nähe des Roth.

Das Teufelsbrück-Buch war meine Chance. Meine letzte! Dieses Werk Mark abzukaufen und unter meinem Namen zu veröffentlichen, davor hatte ich keine Skrupel. Mark interessierte nur das Geld, mich das Projekt. Dass es nicht von Mark war, sondern von Dieter, erschien mir jetzt als hässliche Ironie. Aber ich konnte nicht mehr zurück.

Nach dem Telefonat mit Dieter hatte ich ein ungutes Gefühl im Bauch und rief bei Mark an. Der sagte mir unverblümt, dass er Dieter alles gebeichtet hätte und morgen in der Frühe seine große Reise antreten wolle. Dieter wusste es also! Damit tat sich nun, nachdem Mark weg war, ein neues Problem für mich auf. Ich kannte Dieter. Der würde sich nicht mit einer Entschuldigung oder Geld zufriedengeben. Meine Reputation als Autor stand auf dem Spiel. Dieter wollte mich auf dem Spielplatz treffen. Nun gut, dann musste es eben sein ...

Im Nachhinein betrachtet hätte es gar nicht besser laufen können. Nachdem das Problem „„Dieter“ erledigt war, konnte ich nur darauf hoffen, dass Mark wie angekündigt nicht mehr zurückkommen würde. Die neue Wendung, dass Mark von der Polizei am Flughafen erschossen worden war, nahm mir nun auch noch den letzten Steinbrocken vom Herzen.

Natürlich erzählte ich Rahman das alles nicht, sondern schüttelte nur leicht den Kopf. „Heute nicht, mein Freund. Der Schock über Dieters Tod und dass ein Autorenkollege wie Mark ihn so niederträchtig hat hintergehen und dann auch noch töten können – nein, darüber muss ich jetzt erst einmal hinwegkommen!"

Ich klopfte ihm auf die Schulter und ging, froh, seinen durchdringenden Augen entfliehen zu können.

Eimsbüttel

Der Bezirk Eimsbüttel umfasst neun Stadtteile und ist ein bevorzugtes Wohngebiet, in dem eine runde Viertelmillion Einwohner leben. Eimsbüttel beherbergt nicht nur die Universität Hamburg mit dem dazugehörigen Universitätsviertel sowie die Hochschule für Musik und Theater, der Bezirk ist auch ein wichtiger Standort der Medienwirtschaft.

In den Stadtteilen Lokstedt und Rotherbaum ist der Norddeutsche Rundfunk mit seinen Fernseh- und Hörfunkstudios ansässig, weiterhin befindet sich ein großes Medienzentrum an der Rothenbaumchaussee. Die Sehenswürdigkeiten reichen vom Tierpark Hagenbeck über das Museum für Völkerkunde und das bekannte Curiohaus bis zu einem der bekanntesten und beliebtesten Ausflugsziele in Hamburg, der Alster. Genauer gesagt der Außenalster, die nicht nur mit dem Segelboot erobert, sondern auch mit den Schiffen der weißen Alsterflotte erkundet werden kann.

HAMBURG-EIMSBÜTTEL

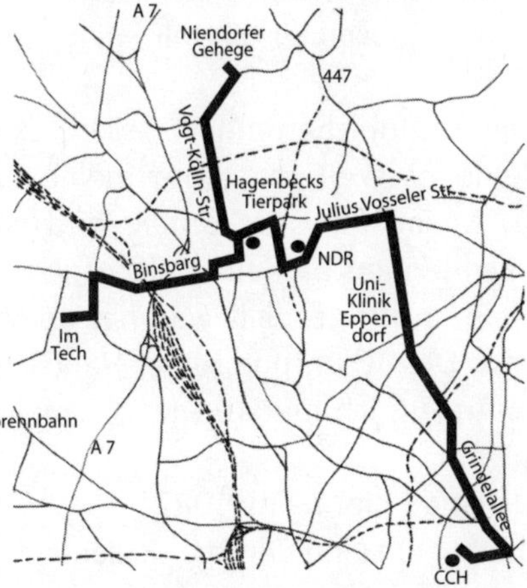

Besetzungscouch

Angelika Waitschies

Christofs Augen flackern, als er mich erblickt. Er schließt die Wagentür und während er auf mich zukommt, liegt jedoch schon wieder die Maske aus Lässigkeit und Souveränität auf seinem Gesicht, die ich von früher her so gut kenne.

„Anna ... wie schön, dich zu sehen."

Seine langen, feingliedrigen Finger umschließen meine Hand mit einem festen Druck. „Es ist lange her."

Er deutet einen Handkuss an, ohne mich dabei aus den Augen zu lassen.

Ich setze mein professionellstes Lächeln auf und halte seinem Blick stand. Heute ist mir das möglich. Ich bin nicht mehr die kleine, verschüchterte Schauspielelevin, die jedes Mal rot und verlegen wird, wenn der berühmte Regisseur und Schauspieler sie mit seiner Aufmerksamkeit beehrt.

Seine Augen erforschen mein Gesicht; es kommt mir wie eine kleine Ewigkeit vor, bis er meine Hand wieder sinken lässt. Meine Selbstsicherheit wird von ihm mit einem anerkennenden Lächeln quittiert; dass sie in den letzten Sekunden nur gespielt war, hat er offensichtlich nicht bemerkt. Die Berührung seiner Hand, der Blick seiner dunklen Augen, ich merke, wie sich mein Pulsschlag beschleunigt.

„Was machst du hier beim NDR?“

Noch immer hat seine Stimme diesen heiseren, erotischen Klang.

„Ich hatte eine Besprechung in der Fernsehspielabteilung.“

„Ein neues Projekt?“ Sein Blick gleitet an mir herunter, über den dunklen Hosenanzug und den sündhaft teuren Ledermantel von Armani.

„Vielleicht.“

„Du lässt dir nicht in die Karten schauen, was?“

Er lacht auf und zieht mich ein Stück zur Seite, als die Strahlen der Mittagssonne ihn blenden. Sein schwarzes Haar ist mit grauen Strähnen durchsetzt und wie damals einen Tick zu lang. „Du hast es geschafft, Anna. Deutschlands beliebteste Schauspielerin. Du kannst stolz auf dich sein.“

Ja, ich bin stolz auf mich. Seit fünf Jahren stehe ich an der Spitze und seit zwei Jahren habe ich meine eigene

Produktionsfirma. Wenn mir die angebotenen Rollen nicht gefallen, engagiere ich renommierte Drehbuchautoren und Regisseure und setze mit ihnen meine Vorstellungen um.

„Und du?“, frage ich beiläufig. „Was treibt dich zum NDR?“ Ich lasse meinen Blick schweifen, grüße eine Redakteurin, die in einiger Entfernung vorbeieilt.

Christof wartet, bis er wieder meine volle Aufmerksamkeit hat. „Der Hamburger Fernsehpreis.“ Er versucht, es belanglos klingen zu lassen. „Morgen ist die Verleihung.“

„Ach ja, davon habe ich gelesen.“ Ich lächle ihn an. „Eine Ehrung für dein Gesamtwerk als Regisseur und Schauspieler. Da kann man dir ja wirklich gratulieren.“

„Was andere mit achtzig schaffen, gelingt mir bereits mit achtundfünfzig.“ Da ist es wieder, dieses schiefe Grinsen, in das ich mich damals als Erstes verliebt habe. Plötzlich scheint ihm ein Gedanke zu kommen. „Sag mal, hast du nicht Lust, mich zu begleiten? Meine Frau kann solchen Veranstaltungen nichts abgewinnen.“

Die Tatsache scheint ihn nicht sonderlich zu betrüben, er schaut mich erwartungsvoll an.

Ich schüttle den Kopf. „Tut mir leid. Aber ich bin morgen Abend schon vergeben.“

Christof weiß nicht, dass ich bei der Verleihung die Laudatio auf ihn halten werde. Das Angebot kam vor zwei Monaten, aber erst vor drei Wochen nahm ich es an. Der Gedanke, ihm nach all den Jahren wieder gegenüberzutreten, hat in mir ein Gefühlschaos ausgelöst.

Ich bemerke Christofs prüfenden Blick, und plötzlich

durchfährt mich ein Schreck. Hat womöglich doch jemand geplaudert? Weiß er, dass ich ihm den Preis überreichen werde? Unwillkürlich schüttle ich den Kopf. Und wenn schon. Es ist nicht wichtig. Selbst wenn er es herausbekommen hat, ahnt er nichts von der kleinen Überraschung, die ich für ihn vorbereitet habe. Bei dem Gedanken daran erfüllt mich eine prickelnde Erregung.

„Einen Penny für deine Gedanken, Anna."

Das herausfordernde Lächeln wird breiter, er scheint zu überlegen, wie er mich aus der Reserve locken kann. Unverhofft hakt er mich unter. „Komm. Lass uns einen Spaziergang machen!"

Die plötzliche Nähe lässt meinen Atem stocken, beschwört die Erinnerung an unsere letzte Begegnung herauf. Grelle, verzerrte Bilder, nur mit Mühe gelingt es mir, mich ihrer zu erwehren.

Schweigend verlassen wir das Gelände des NDR und gehen in Richtung Julius-Vosseler-Straße.

„Wohin willst du?", frage ich, als Christof seine Schritte nach rechts lenkt.

Wir passieren die U-Bahn-Station Hagenbecks Tierpark und bleiben schließlich an der Lokstedter Grenzstraße stehen. Als ich Christofs Blick auf die gegenüberliegende Straßenseite folge, läuft ein Schauer über meinen Rücken.

„Ich hätte nicht gedacht, dass du zu Sentimentalitäten neigst."

Er zieht mich über die Straße. „Wir müssen unser unerwartetes Wiedersehen doch nutzen."

An der Kasse zum Tierpark Hagenbeck bleibt er stehen, um zwei Karten zu kaufen. Wir passieren das Tropen-

Aquarium und gelangen zu den Elefantengehegen. Es ist Winter, im Tierpark sind nur wenige Besucher unterwegs. Am Gehege der Elefantenbullen bleiben wir stehen.

Hier gab Christof mir damals den ersten Kuss. Kurz vorher hatte einer der Elefanten mir mit seinem Rüssel den Rucksack aus der Hand gerissen. Vor Schreck wie gelähmt hatte ich zugesehen, wie er im Schlund des Tieres verschwunden war. Erst in dem Moment war wieder Leben in mich gekommen. Ich hatte einem der Wärter zugerufen, was passiert war, und mich fürchterlich über dessen völliges Desinteresse aufgeregt.

„Weißt du eigentlich, ob das Vieh damals überlebt hat?“ Christof ist neben mich getreten und hat wie selbstverständlich seinen Arm um meine Schulter gelegt.

„Keine Ahnung.“ Ich starre auf die Elefanten, ihre monotonen, schaukelnden Bewegungen. „In der Zeitung stand jedenfalls nichts davon, dass einer verendet ist.“

Damals war ich nicht so gleichgültig. Über mehrere Wochen hinweg schlug ich jeden Morgen voller Angst die Zeitung auf, immer auf der Suche nach der entsprechenden Meldung. Ich konnte mir einfach nicht vorstellen, dass ein Tier den Genuss eines Rucksacks einschließlich belegter Brote, einer Zeitung und eines Fotoapparats überleben konnte. Selbst wenn es ein mächtiger Elefantenbulle war.

Christofs Hand hat begonnen, mit meinem Haar zu spielen. Der Duft seines Rasierwassers streift mich, herb, männlich, mit einem Hauch von Meer. Ich schließe die Augen. Als ich sie wieder öffne, sehe ich sein Gesicht ganz nah vor mir. Hastig winde ich mich aus seinem Arm.

Wieder mustert er mich mit einem prüfenden Blick. Er wird nicht schlau aus mir, schafft es nicht mehr, die Gedanken von meinem Gesicht abzulesen.

Damals war es eine Leichtigkeit für ihn. Ich war so leicht durchschaubar, so naiv, so verletzlich. So verliebt. Zwei endlose Wochen in diesem viel zu heißen Sommer, von denen ich dachte, dass sie nie zu Ende gehen würden.

Erneut hakt Christof mich unter. „Und jetzt geht es auf die zweite Station unserer Reise in die Vergangenheit."

Das Volksparkstadion heißt jetzt „Imtech Arena". Der neuerliche Namenswechsel überrascht mich, aber es liegt auch einige Zeit zurück, dass ich das letzte Mal in Hamburg war. Christof hat den Pförtner überredet, uns einzulassen. Christofs Gesicht ist bekannt, außerdem konnte er schon immer jeden um den Finger wickeln.

Hoch oben, in der Nordkurve, balanciert er auf den Treppenstufen herum und stellt sich vor, wie es wohl wäre, hier herunterzustürzen.

„Das überlebt keiner", grinst er mich an. „Und wenn doch, dann ist er für den Rest seines Lebens ein Krüppel."

Er streckt die Hand nach mir aus und versucht, mich

zu sich heranzuziehen, obwohl er weiß, dass ich panische Höhenangst habe. Allein der Weg hier herauf hat mich schon einiges an Nerven gekostet.

„Ich weiß, dass du damals nur mir zuliebe mitgegangen bist, Anna."

Vor zwanzig Jahren war Christof einer der treuesten Fans des HSV. Ich erinnere mich, dass ich ihn zweimal zu einem Spiel begleitete, obwohl ich mir nicht das Geringste aus Fußball mache. Ich wollte einfach nur jede Sekunde in seiner Nähe sein.

Christofs Blick durchbohrt mich, alle Verbindlichkeit darin ist auf einmal verflogen. Ich weiche zurück und drücke mich an die Balustrade hinter mir.

Sein Kuss ist gierig; als er von mir ablässt, spüre ich Blut in meinem Mund. Er lacht, als ich meine Hände abwehrend gegen seinen Brustkorb drücke.

„Ach, komm, Anna, jetzt zier dich nicht so! Du willst es doch auch."

Jäh steigt eine blutrote Wolke in mir auf. Sie pulsiert hinter meinen Augen, meinen Schläfen, bis sie meinen Kopf fast zum Zerbersten bringt.

„Du willst es doch auch." Dieselben Worte sagte er damals auch. Er hielt mich wie in einem Schraubstock, ein hässliches Grinsen auf dem Gesicht, das aus ebenmäßigen Zügen eine abstoßende Fratze machte. „Seit zwei Wochen machst du mich jetzt scharf. Glaubst du wirklich, ich gebe mich noch länger mit Händchenhalten und Knutschen zufrieden?"

Natürlich hatte ich es gewollt. Aber doch nicht so. Ich

war siebzehn Jahre alt und hatte mir mein erstes Mal voller Romantik und Zärtlichkeit vorgestellt.

Wäre seine Frau Irene nicht aufgetaucht, hätte Christof mich vergewaltigt. Meine heftige Gegenwehr schien sein Verlangen nur noch zu schüren. Der Anblick seiner Frau ernüchterte ihn allerdings auf der Stelle, hatte er sie doch auf Besuch bei ihren Eltern in München gewähnt.

Ich floh in die Nacht. Voller Verzweiflung und Scham über meine grenzenlose Naivität. Die Rolle, die ich in Christofs neuer Inszenierung am Schauspielhaus spielen sollte, bekam eine andere. Und damit nicht genug. In den folgenden Jahren ließ er mich immer wieder seine Macht spüren, den Einfluss, den er in der Theaterwelt und bei den Fernsehsendern besaß. Ich bekam allenfalls kleine Nebenrollen, die große Karriere machten die anderen. Es war eine erniedrigende Zeit, die mehrere Jahre andauerte. Erst der Gang ins Ausland ebnete mir schließlich auch in Deutschland den Weg. Nachdem ich einige große Rollen in Frankreich und Italien gespielt hatte, kamen die ersten Angebote von heimischen Produzenten. Ich habe meine Chance genutzt.

„Was ist hier los?“

Die Worte kommen aus dem Mund eines bulligen Mannes, auf dessen Overall der Schriftzug „Klose Security“ steht. Völlig unerwartet ist er neben uns aufgetaucht.

„Belästigt der Mann Sie?“ Die Augen des Wachmannes huschen zwischen Christof und mir hin und her; als sie sich vor Überraschung zu weiten beginnen, wird mir klar, dass er uns erkannt hat.

Ich wiegle ab. „Nein ... Danke ... Es ist alles in Ordnung.“ Jetzt bloß keinen Skandal und womöglich noch irgendwelche Medienberichte. Nicht auszudenken, wenn Christof seine Teilnahme an der Preisverleihung in letzter Minute aufgrund negativer Schlagzeilen absagen würde. Ich beginne die Stufen herabzusteigen, ganz langsam, um jeden Eindruck von Flucht zu vermeiden.

„Anna! Warte!“

Christof ist mir gefolgt, am Ausgang ergreift er meinen Arm und zwingt mich so, stehen zu bleiben.

„Es tut mir leid“, stößt er hervor. „Ich wollte dich nicht bedrängen. Es ist nur ...“, er fährt sich durch die immer noch vollen Haare. Damals habe ich diese Geste geliebt, den hilflosen Ausdruck eines großen Jungen, der immer damit einherging. „Dieses unverhoffte Wiedersehen mit dir ... das hat mich einfach überwältigt.“

Ich schaue ihn an, und merke, wie mich eine große Ruhe überkommt. Es war gut, dass wir diesen kleinen Ausflug in die Vergangenheit unternommen haben. Er hat mir gezeigt, dass Christof sich niemals ändern wird.

Hamburger Abendblatt, Sonnabend, 03.12.2011

Nach der gestrigen Verleihung des Hamburger Fernsehpreises im CCH kam es zu einem tragischen Unfall am Dammtorbahnhof.

Beim Überqueren eines Zebrastreifens wurde der bekannte Regisseur und Schauspieler Christof Hohenhaus von einem PKW erfasst und mehrere Meter weit geschleudert. Hohenhaus starb noch am Unfallort.

Sein Tod setzte den tragischen Höhepunkt der bekannten Veranstaltung. Bereits nach der Laudatio durch die beliebte Schauspielerin Anna Bernau war es zu einer peinlichen Panne gekommen. Vor der Preisübergabe sollte in einem Einspielfilm ein Querschnitt von Hohenhaus' Werken gezeigt werden. Tatsächlich bekamen die zweihundert handverlesenen Gäste einen Zusammenschnitt aus unterschiedlichen Pornofilmen zu sehen, die einen deutlich jüngeren Christof Hohenhaus in eindeutigen Situationen zeigten. Bis es den Veranstaltern gelang, den Film zu stoppen, war bereits eine Viertelstunde vergangen, in der das Publikum die offensichtlich nie versiegende Manneskraft des berühmten Regisseurs und Schauspielers in aller Ausführlichkeit bewundern konnte.

„Und? Bereust du es?"

Die Stimme von Irene Hohenhaus holt mich in die Gegenwart der großen Villa am Bondenwald im Niendorfer Gehege zurück, die ich zwanzig Jahre zuvor so fluchtartig verlassen habe. Ich falte die Zeitung zusammen und lege sie auf den Tisch vor mir.

„Nein", sage ich und schaue mich in dem geschmackvoll eingerichteten Wohnzimmer um. „Christof war ein sexistisches Schwein. Er hat diese Bloßstellung verdient. Das Einzige, was ich bedaure, ist dieser Unfall. Es hätte mir besser gefallen, Christofs langsamen und quälenden Abstieg zu verfolgen."

Irene und ich liefen uns einige Zeit nach dem damaligen Vorfall in der Hamburger Innenstadt über den Weg. Sie lud mich auf einen Kaffee ein, und obwohl ich es nicht wollte, ging ich mit. So erfuhr ich, dass Irene schon länger von den Seitensprüngen ihres Mannes wusste und von der Besetzungscouch, auf die er jede zwang, die sich eine Rolle von ihm erhoffte. Aber eine Scheidung kam nicht infrage, denn Christof drohte damit, ihr in diesem Fall die Kinder zu nehmen.

Nachdem Irene und ich uns ausgesprochen hatten, entstand eine Freundschaft zwischen uns, die uns beiden sehr viel bedeutet.

Ich sehe Irene auffordernd an. „Willst du mir jetzt nicht endlich erzählen, woher du die Filme hast?“

Irene gab mir die Filme vor vier Wochen bei einem Kurzbesuch in München. In langen Gesprächen kam uns die Idee, wie wir sie sinnvoll verwenden konnten.

„Sie waren im Tresor in Christofs Arbeitszimmer.“ Ein Lächeln überzieht Irenes Gesicht. „Er hat mir zu Beginn unserer Ehe einmal von diesen Filmen erzählt. Da er in ständiger Angst vor der Entdeckung lebte, hat er sie dem Produzenten schließlich für sehr viel Geld abgekauft.“

Irene greift nach der Schale mit Konfekt und hält sie mir einladend entgegen. Als ich verneine, sucht sie sich einen mit dunkler Schokolade überzogenen Trüffel heraus und verspeist ihn mit offenkundigem Genuss. „Ich hatte allerdings gedacht, dass er die Filme vernichtet hätte. Dass sie sich in diesem Tresor befinden, habe ich erst vor einigen Jahren durch Zufall mitbekommen.“

Irene lässt einen weiteren Trüffel in ihrem Mund verschwinden und schließt für einen Moment verzückt die Augen. Nachdem sie sie wieder geöffnet hat, sieht sie mich anerkennend an. „Der Zusammenschnitt war übrigens große Klasse. Der Hengst in voller Aktion."

Ich beuge mich im Sessel nach vorn. „Was ist mit dir? Bereust du, was wir getan haben?"

Ihre Augen funkeln. „Keine Sekunde."

„Wie ist es eigentlich zu diesem Unfall gekommen?" Ich zünde mir eine Zigarette an und nehme einen tiefen Zug. „Du hast doch kurze Zeit nach Christofs hastigem Aufbruch ebenfalls den Saal verlassen. Hast du da irgendwas mitbekommen?"

Irene hat sich die Preisverleihung natürlich nicht entgehen lassen. Sie hat in einer der hinteren Reihen gesessen und das Geschehen auf der Bühne mit einem Opernglas verfolgt.

„Er wurde von einigen Reportern gehetzt. Vor'm CCH standen keine Taxis, also ist er um den Bahnhof herumgelaufen und hat in seiner Hektik wohl nicht mitgekriegt, dass die Fußgängerampel rot war." Irene zuckt die Schultern, das Lächeln in ihrem Gesicht vertieft sich. „Künstlerpech."

„Im wahrsten Sinne des Wortes."

Ich stoße kleine Rauchwölkchen in die Luft und lehne mich entspannt im Sessel zurück.

HAMBURG-EIMSBÜTTEL

HARVESTEHUDE

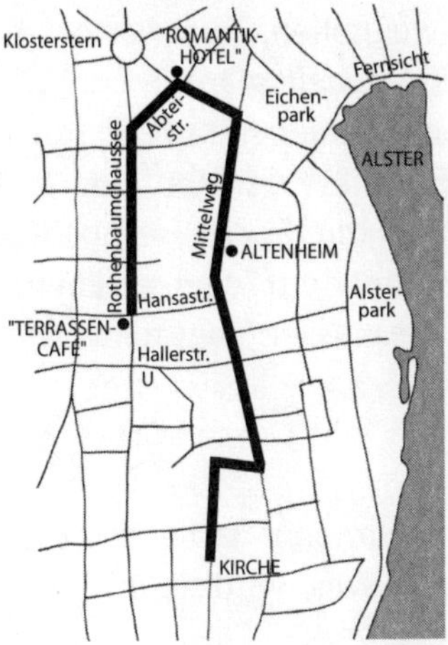

Habgier in Harvestehude

Monika Buttler

„Ach, Herr Pastor, wenn ich Sie nicht hätte!“

In ihrem Zimmer im Seniorenheim St. Johannis streckte Amalie Dirksen dem Geistlichen ihre knotigen, brillantbesetzten Hände entgegen und seufzte tief auf. Das hätte sie nicht tun sollen. Ein Hustenanfall warf sie nach vorn, sie begann zu röcheln, ihre Finger mit den brombeerrot lackierten Nägeln verkrallten sich in der Bettdecke.

„Ruhig, meine liebe Frau Dirksen, gaaanz, gaaanz ruhig!“

Michael Roosen schaltete seinen hypnotischen Singsang ein und blickte in den blauen Septemberhimmel.

Bald würde er seinen Porsche haben. Er öffnete einen weiteren Hemdknopf und befühlte seinen graublonden Brustpelz.

„Bitte nicht weggehen, Herr Pastor." Auf fahler, alter Haut sah Roosen Schweiß glänzen.

„Aber nein, meine liebe Frau Dirksen. Ich werde jetzt für Sie beten." Er senkte den Kopf mit der Messerschnitt-Frisur. „Der Herr sei mit dir, der Herr behüte und bewahre dich ..." Er schloss mit dem Segenszeichen. „Und hier habe ich Ihnen mein Heilwasser hingestellt."

Auf dem Flur kam ihm Doktor Grote, der Hausarzt des Heims, entgegen.

„Es geht ihr sehr, sehr schlecht", raunte der Pastor. „Was meinst du, Ludwig, wird sie ...?"

„Ja. Sie wird sterben."

„Wann?"

„Diese Nacht wird sie nicht überleben."

„Und die Diagnose? Ich meine, was hat sie offiziell ..."

„Sie hat", der Arzt trat zur Seite, um eine Seniorin mit Gehwagen durchzulassen, „sie hat eine Lungenentzündung. Aber was interessiert dich das? Sie stirbt eben, das kannst du mir schon glauben."

„Ist ja gut." Michael Roosen nickte seinem Freund zu.

Doktor Ludwig Grote, graue Haarmatte und mit Mitte fünfzig ein wenig älter als der Pastor, drückte seine Hand auf dessen Schulter. „Wenn ich dich wieder brauche, rufe ich an."

„Diese Aktion ist beendet?"

„Ja, definitiv. Michi, ich muss dann mal wieder."

„Gut, Ludwig. Ciao, ciao."

Das Erntedankfest-Komitee, ein Quartett tatkräftiger Frauen in den Fünfzigern, tagte im Gemeindesaal der St.-Johannis-Kirche. Eine Menge war zu tun, sollten die

Bewohner des angeschlossenen Altenheims einen der lang erwarteten Höhepunkte des Jahres genießen.

„Nein, ich kann nicht an das Fest denken!" Irmis Spinnwebhaare schienen zu beben. „Die arme Frau Dirksen."

„Arm ist gut. Eine megareiche Juwelierswitwe." Gudrun, eine einst fröhliche Emanze, verzog ihren Fadenmund.

„Und es gibt keine Verwandten. Vielleicht bekommt ja die Gemeinde etwas." Bei Hanne, der mageren Pastorenfrau, klang hoffendes Frohlocken auf. Als Leiterin des Projekts „Gesünder essen, länger leben" war ihr eine Finanzspritze stets willkommen.

„Immerhin ist sie neunundsechzig geworden. Da ist ein Abgang ganz natürlich." Gudrun tat so, als sei sie halb so alt.

„Natürlich?“ Dinahs hohe Monotonstimme ließ die Runde zusammenzucken. „Das ist jetzt schon die vierte Tote im Heim. Alle waren ältere Damen. Alle kinderlos und vermögend. Vielleicht bin ich ja bald die Nächste!“

Die anderen ruckten synchron zu ihr herum.

„Ich mein ja nur ...“ Dinahs puppiges Gesicht war rot geworden, sie zupfte an ihrer dreireihigen Perlenkette.

Irmi schüttelte sanft den Kopf. „Hier, in unserer Gemeinde, gibt es doch keine Mörder. – Ich möchte, dass wir für unsere liebe Amalie Dirksen beten.“

„Nun, meine lieben Seelchen“, der Pastor legte sein schiefes Charmeurlächeln auf, „ich denke, hier wird gearbeitet.“

„Amen“, unterbrach seine Frau. „Wir haben nur eben der lieben Verstorbenen gedacht.“

Der Pastor blickte verständnislos.

„Amalie Dirksen.“ Gudrun sagte es mit leiser Schärfe.

„Ah ja.“ Roosen zog es vor, sich davonzumachen.

Irmi schaute versonnen auf das Kreuz an der Wand. „Ach, es ist mir ein Trost, dass unser guter Pastor alle vier Kranken auf ihrem letzten Weg so wunderbar begleitet hat.“

Unter den grauen Ponyfransen der Pfarrersfrau bildete sich eine Senkrechtfalte. „Wir bereiten jetzt den Basar vor. Irmi, wie weit bist du mit der Strickgruppe?“

„Fertig. Wir haben Esel, Fische und Schäfchen.“

„Schäfchen kann man nie genug haben“, gluckste Gudrun.

Hanne warf ihr einen strengen Blick zu. Dann hakte sie

Batiktücher, Engel aus Salzteig und Strohsterne ab. Dinah überreichte die Dankeslieder der „Sing-mit"-Gruppe.

„Schön", lobte Hanne. „Das ist das Richtige für die alten Leutchen. Ich kümmere mich um die Kaffeetafel. Jedes Gemeindemitglied bekommt zwei Stück Kuchen aus meiner Biobäckerei. Jetzt muss ich aber zu Michi, ihr Lieben."

„Pah, Biokuchen. Wisst ihr was? Ich lade euch zum Konditern ins ‚Terrassencafé'." Gudrun stemmte ihren konturlosen Körper hoch.

„Eine wunderbare Idee." Irmi seufzte heiter.

„Ich hab euch etwas Unglaubliches zu erzählen."

„Ein Geheimnis?" Dinah riss die Mädchenaugen auf.

„Erzähl doch mal." In Irmis gemeindebezogenem Leben passierte nicht viel.

„Nicht hier." Gudrun wogte voraus zum Café. Sie wartete, bis sich auf den Tellern die Sahnestücke türmten. „Pastor Roosen. Er hat, er hat – also, er geht fremd."

„Nein!" Der Aufschrei kam zweistimmig.

„Wie denn, wo denn?", haspelte Dinah los.

„Ausgeschlossen. So etwas würde unser Pastor nie tun." Irmi stellte mit überraschender Energie ihre Tasse ab. „‚Du sollst nicht ehebrechen', das sechste Gebot. Wie eindringlich hat er uns das ans Herz gelegt."

Dinah senkte die Stimme. „Die Verliebtheiten von Amalie und all den anderen – Gott hab sie selig – hat er sich ja gern gefallen lassen. Aber wie bist du dahintergekommen?"

Gudrun reckte sich genießerisch. „Ihr kennt doch dieses schnuckelige ‚Romantik'-Hotel in der Abteistraße.

Also, ich sitz da mit auswärtigen Freunden, und wen erblick ich da? Unseren Pastor Roosen, Arm in Arm mit einer attraktiven Unbekannten."

„Wie sah sie aus?" Dinah verschluckte sich.

„Ich würde sagen: naturbelassen. Frisch wie ein Apfel, blond, himmelhohe Beine. Durchaus nicht unintelligent."

„Mein Gott, die arme Hanne!" Irmi weinte fast.

„Wie im Film!" Dinah blühte zusehends auf. „Und dann?"

„Ich duckte mich hinter ein paar Riesenazaleen und folgte ihnen. Sie verschwanden zusammen in einem Zimmer!"

„Sagen wir es Hanne?" Irmi wirkte ratlos.

„Natürlich nicht. Wir nehmen gemeinsam die Fährte auf, machen Fotos und so weiter. Und dann ist er dran!" Gudrun bestellte Torte nach.

Pastor Roosen betete wieder am Bett einer alten Dame, als sein Handy klingelte. Doktor Grote.

„Komm bitte schnell rüber, es ist etwas passiert."

„Wegen der Dirksen?"

„Ja."

Der Pastor blickte noch einmal auf die Kranke, die bereits in die Nähe des Schlafes, wenn nicht gar des ewigen Schlafes, gedämmert war. Dann eilte er hinaus.

Der Doktor atmete heftig. „Da drin bei mir sitzt Henning Dirksen."

„Wer?"

„Der Neffe."

„Ich denke, es gibt keine Verwandten."

„Eben doch. Er hat das alte Testament gefunden und spricht von einem Testament neueren Datums, in dem er als alleiniger Erbe genannt wird!“

Roosen stöhnte auf. „Du meinst, die ganze Kohle ...“

„Kohle, Knete, das lass mal beiseite. Was mich alarmiert: Dieser Dirksen meint, seine Tante sei nie ernsthaft krank gewesen, die leichte Entzündung hätte nie zu ihrem Tod führen können. Kurz: Er will die Leiche obduzieren lassen.“

Roosen schaute ihn ausdruckslos an. „Ja, und? Du hast schließlich nichts zu befürchten, Ludwig. Oder doch?“

„Komm jetzt!“ Der Arzt schob den Pastor wie einen Delinquenten zu seinem Empfangszimmer. „Der Mann will dich sprechen.“

„Mich? Wieso das denn?“ Roosen machte sich los.

Dirksen, ein gut gebauter Vierziger mit randloser Brille und hellem Schnauzer, trat auf die beiden zu und starrte Roosen fassungslos an. Dann fing er sich wieder. Die eben gemachte Beobachtung würde er für sich behalten.

Roosen streckte ihm die Hand hin. „Mein Beileid.“

„Danke.“ Hinter Dirksens Gläsern schien ein unangenehmes Glitzern auf. „Meine Tante war ja überaus begeistert von Ihnen. Und nicht nur sie. Für all die betagten Patientinnen sind Sie offenbar ein unentbehrlicher Seelentrost. Dafür danke ich Ihnen.“

Der Pastor sah durch ihn hindurch. „Das ist doch nur Christenpflicht.“

Doktor Grote bat sie zur Sitzgruppe.

„Oh, nein. Das ist mehr. Warum sonst hätte meine

Tante Sie zum Universalerben ihres Vermögens eingesetzt?“

„Davon weiß ich nichts.“ Roosen wurde noch fahler.

„Ach, wirklich?“ Dirksens Brillen-Augen sprühten Ironie. „Das ist ja nun hinfällig. Meine Tante hat Ihnen wohl doch nicht ganz getraut. Ich habe hier nämlich ein später datiertes Testament, in dem sie ausschließlich mich begünstigt.“

„Ich weiß nicht, wovon Sie reden.“ Roosens Mund, der stets etwas beleidigt wirkte, verzog sich noch beleidigter.

„Mein Notar, Herr von Deuten, wird Ihnen die Rechtslage schon erklären.“ Der Neffe ging ohne Abschied.

„Michi, du musst etwas unternehmen“, sagte der Arzt.

„Ich? Ich denke, eher du.“

Das detektivische Damentrio eilte im Gleichschritt auf die backsteinrote St.-Johannis-Kirche zu. Gudrun, die im Sekretariat arbeitete, hatte im Terminkalender des Pastors eine verdächtige Notiz entdeckt. „V. um 12 Uhr in der Kirche!“

„Hast du die Waffe – ich meine: Hast du die Kamera besorgt? Entschuldigung.“ Dinah errötete leicht.

„Natürlich.“ Gudrun legte die Hand auf die Fototasche.

Sie duckten sich hinter die Kanzel.

„Ich glaube, ich werde ohnmächtig.“ Irmi atmete im Hechelrhythmus.

„Ruhe!“, befahl Gudrun.

Knarrend schob sich die Kirchentür auf. Der Pastor! Mit schwingenden Schritten schlich er bis zum Altar durch. Nervös blickte er sich um. Erneut bewegte sich die Tür, noch langsamer, fast quälend, dann huschte etwas herein. Die Apfelschönheit aus dem „Romantik"-Hotel! Die drei hinter der Wand lugten bewegungslos zum Altarraum hinüber.

Die Naturbelassene war auf den Pastor zugehüpft, beide hielten sich umklammert.

„Was für eine Leidenschaft!", hauchte Irmi.

„Der Steinfußboden wäre aber zu kalt", bemerkte Dinah.

„Blödsinn!", zischelte Gudrun. „Da geht was ganz anderes ab." Sie legte die Kamera in Anschlag und holte sich heftiges Gefuchtel und wilde Grimassen auf den Film.

„Und jetzt schenkt er ihr was." Irmi seufzte verhalten.

„Oh, oh, oh! Diamonds are a girl's best friend."

Dinah formte lautlos singend die Lippen.

„Ihr Dummerchen." Gudrun reckte sich. „Das ist doch nur ein Umschlag. Und nun zieht er die ganze Kohle raus und hält sie ihr unter die Nase."

Irmi und Dinah streckten die Hälse vor. Was war denn das? Die Unbekannte entriss ihrem Geliebten empört das Geldbündel und schleuderte es in sein Gesicht, einen Moment lang schienen die Scheine an ihm festzukleben, bevor sie wie ein leichter Regen herabsanken.

Die Späherinnen linsten verblüfft der Frau hinterher, die aus der Kirche lief, dann dem Herrn Pastor, der den Geldsegen aufsammelte und ihr aufgebracht folgte.

Sie trafen sich im „Palazzo". Henning Dirksen hatte seine Lippen bereits an Vera Sommerfelds Fingerspitzen. So hieß sie, die apfelfrische Schönheit, blond, himmellange

Beine, durchaus nicht unintelligent.

„Als du mir in der Kanzlei entgegenkamst, mit dieser charmanten Sicherheit, da hat es sofort bei mir gefunkt."

Vera Sommerfeld antwortete mit einem Lächeln.

„Ich dachte, die Frau gehört nicht in ein Vorzimmer."

„Gut erkannt. Ich habe immerhin Jura studiert."

Der Erbneffe küsste die Fingerspitzen intensiver. „Und du hast wirklich mit dem Pastor Schluss gemacht?"

„Aber ja. Nachdem ich das alles entdeckt hatte ..."

„Und dann versucht er noch, dir Schweigegeld anzudrehen. Wie konnte dieser dubiose Typ nur bei dir landen?"

Vera entzog ihm ihre Hand, um nach einem Prosecco zu greifen. „Er war ja ständig in der Kanzlei, beflirtete mich im Dauerangriff. Er hat etwas Hypnotisches ..."

Dirksen zerknüllte schweigend seine Serviette.

„Dieser Scheinheilige!", fuhr sie auf. „Mit meinem ebenso falschen Chef hat er unlautere Erbgeschäfte ausgebrütet. Hier!" Sie reichte ihrem neuen Verehrer ein Päckchen. „Alle Unterlagen habe ich auf Mikrofilm kopiert."

„Das ist gut." Dirksen lächelte versöhnt.

„Und jedes Mal, nachdem einige der Seniorinnen gestorben waren, kreuzte dieser Doktor Grote auf."

„Der Grote hat meine Tante auf dem Gewissen! Sie war alt, aber doch nicht todkrank."

„Wann kriegst du das Obduktionsergebnis?"

„In einer Stunde."

Irmi befüllte eine Thermoskanne mit Kaffee. In wenigen Minuten würde der Erntedank-Nachmittag beginnen. „Nun brauchen wir unseren Pastor nicht mehr zu verfolgen."

„Ja, das ist jetzt witzlos." Gudrun wirkte enttäuscht. „Die Apfeldame hat ihn abserviert."

„Schade, dass wir nicht wissen, wer sie ist", bemerkte Dinah.

„Pssst!" Irmi wandte den Kopf. „Da kommt Hanne."

Im Gemeindesaal war alles bereit. Auf den Basartischen mit den gebatikten Tüchern häuften sich Kürbisse und Melonen, Salzteigengel und Strickesel lockten zum Kauf, „bunte Körbchen" warteten auf ungeduldige Empfänger.

Pünktlich um fünfzehn Uhr drängten etwa dreißig Seniorinnen und Senioren in den Raum, Gehwagen und Rollstühle stießen aneinander, während die noch Lauftüchtigen schnell die Kaffeetische besetzten. Hanne, Irmi, Dinah und Gudrun eilten mit den Thermoskannen hin und her, dann federte auch Pastor Roosen herein, um das Fest mit ein paar lebensfrohen Worten zu eröffnen. In seiner gedehnten Sprechweise salbaderte er gerade von der Freude des Teilens, als unvermutet die Tür aufging und ein Mann im grauen Trench den Geistlichen auffällig-unauffällig hinausbat.

Auf dem Kommissariat saßen Vera Sommerfeld und Henning Dirksen, bereit, ihre Aussagen in Gegenwart des festgenommenen Pastors zu wiederholen. Hauptkommissar Tewes ging das scheinbar honorige Haupt der St.-Johannis-

Gemeinde energisch an: „Aus diesen Unterlagen geht klar hervor, dass Sie von vier betagten kinderlosen Damen des Seniorenheims St. Johannis hohe Erbvermögen angenommen haben. Es dürfte Ihnen bekannt sein, dass in Heimen oder Kliniken ein Betreuender seinen Pflegling nicht beerben darf."

Roosen blickte himmelwärts. „Grundgütiger Gott, diese alten Weiber haben mir ihre Knete doch aufgezwungen! Ich wollte damit den maroden Glockenturm sanieren."

„Woraus dann ein neuer Porsche geworden ist!" Vera Sommerfeld sah ihren Ex-Geliebten spöttisch an.

„Allein für das Vergehen der Annahme können Sie suspendiert werden", fuhr der Kommissar fort. „Aber da ist noch mehr. Herr Dirksen, berichten Sie uns bitte von der Beziehung Ihrer Tante zu Herrn Roosen."

„Beziehung!" Dirksen stieß das Wort wie Spucke aus. „Ich habe Briefe von meiner Tante erhalten, in denen sie immer wieder beklagt, dass Herr Roosen sie wegen ihres Vermögens bedränge. Er wolle eine Vollmacht, er habe da eine Stiftung im Sinn, die täte was für verwaiste kleine Neger, pardon: für schwarze Kinder ..."

„Erberschleichung!", unterbrach Vera Sommerfeld erregt. „Und meinen Freund wollte er um sein Erbe bringen."

„Das wird das Gericht klären." Kommissar Tewes stand auf. „Herr Roosen, Sie halten sich zu unserer Verfügung."

Das Ausmaß der Katastrophe durchlief die Gemeinde wie eine Schockwelle. Im „Terrassencafé" zerrten Gudrun,

Irmi und Dinah an der mitgebrachten Zeitung.

„Kriminelle Komplizen? Arzt, Pastor und Notar festgenommen."

Gudrun las genüsslich vor. „Doktor Ludwig Grote, Hausarzt im Seniorenheim St. Johannis, wird beschuldigt, aus Habgier alte vermögende Patientinnen mit Morphiumspritzen getötet zu haben. Dies soll unter Mitwisserschaft des dort seelsorgerisch tätigen Pastors Michael Roosen von der St.-Johannis-Gemeinde geschehen sein. Der Arzt bestreitet mit dem Hinweis auf ‚Sterbebegleitung' sämtliche Vorwürfe, der Pastor will von all dem nichts geahnt haben. Schwer wiegt allerdings die Tatsache, dass das Erbvermögen der kinderlosen Frauen ausnahmslos einem Konto des Notars Gebhard von Deuten zugeführt wurde."

„Und jetzt kommt's", unterbrach Gudrun sich selbst. „Gebhard von Deuten, geborener Roosen, ist der Zwillingsbruder des Geistlichen."

„Unser guter Pastor, nein, ich verstehe es nicht ..." Irmi brach erschüttert ab.

Dinah nahm einen Schluck Sekt. „Verbrechen gibt es doch überall."

Hamburg-Nord

Der Bezirk Nord umfasst 13 Stadtteile, die in ihrer Vielfalt für jeden etwas zu bieten haben. Beliebte Wohngegenden sind Eppendorf und Alsterdorf mit dem in Form eines Polizeisterns gebauten Polizeipräsidium sowie, direkt an der Alster gelegen, die Uhlenhorst („Eulennest") mit attraktiven kulturellen Einrichtungen wie Ernst-Deutsch-Theater, English Theatre und Literaturhaus.

Langenhorn beherbergt einen über Deutschland hinaus bekannten Einwohner: „Alt-Bundeskanzler" Helmut Schmidt. Winterhude ist bekannt für seine schönen Villen, die Jarrestadt mit den historischen Fritz-Schumacher-Bauten aus den 1920er Jahren und die Kampnagelfabrik (heute Kulturzentrum) sowie den Stadtpark mit Planetarium. Das ehemalige Bauerndorf Fuhlsbüttel, nach dem auch die Justizvollzugsanstalt „Santa Fu" benannt ist, hat sich durch den Flughafen mit ca. 1,3 Millionen Fluggästen zu einem hoch frequentierten Ortsteil entwickelt, besitzt mit dem Alsterwanderweg aber auch Naherholungscharakter, ebenso wie Groß Borstel mit dem Eppendorfer Moor.

In Hohenfelde findet man noch bezahlbare Wohnungen nahe Hauptbahnhof und Alsterschwimmhalle, die traditionellen Arbeiterviertel Barmbek-Süd und -Nord zeichnen sich durch Familienfreundlichkeit mit ansprechenden Wohnmöglichkeiten aus, während Ohlsdorf für den größten Parkfriedhof der Welt bekannt ist, auf dem Persönlichkeiten wie Hans Albers, Werner Veigel, Wolfgang Borchert oder Heinz Erhardt sowie Domenica bestattet wurden.

HAMBURG-NORD

UHLENHORST

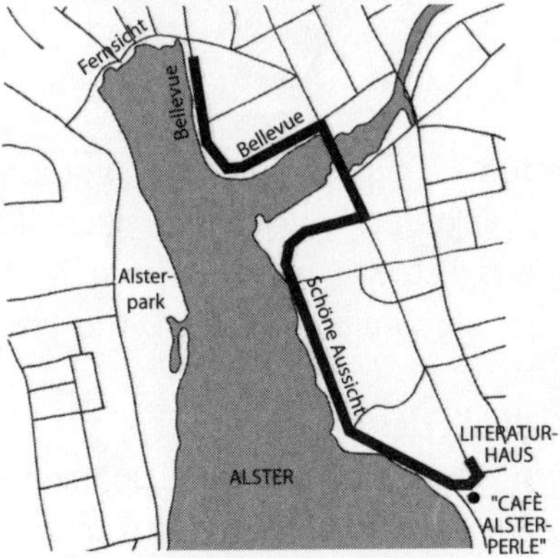

Samtkrimi oder:

Mord im Literaturhaus

Regula Venske

Wir hetzen jetzt jemanden zu Tode, Sie und ich, und rein zu unserem Vergnügen. Dieser Mensch kann eigentlich nichts dafür, nur die Tatsache, dass er noch lebt, spricht gegen ihn. Jetzt aber soll er sterben. Viele Menschen kommen ja in diesem Moment um, auf einen mehr oder weniger soll es uns also nicht ankommen.

Und schon gar nicht auf diesen Mann, der es allabendlich fertigbringt, im Schaukelstuhl zu sitzen und sich am Zigarettenrauch zu erfreuen. Und am leichten Quietschen des Schaukelstuhls, wenn er gemächlich vor und zurück

schaukelt, jeden Tag nach Feierabend, vor und zurück.

Der Mann blickt den Rauchringen nach, die sein Mund geformt und ausgestoßen hat. Wie sie schweben und sich entfernen, sich allmählich verlieren. Die Form verlieren, die Fassung?

Ich nicht, denkt der Mann.

Durch das Gaubenfenster fällt Spätsommerlicht ins Zimmer, Staubkörnchen tanzen, ein Sonnenstrahl bringt das Regal zu seiner Linken zum Leuchten. Nicht, dass es das einzige Bücherbord im Raum wäre. Die gesamte Einrichtung des Zimmers besteht aus Regalen. Sie verlaufen ringsherum an den Wänden entlang, vom Boden bis zur Decke gefüllt mit Büchern.

Leere Fächer lassen ahnen, dass der Mann noch etwas vorhat mit seiner Bibliothek, er hat Platz für Neuzugänge. Weitere Regalreihen sind sternförmig durch den Raum gezogen, bis in Brusthöhe reichend, so dass sich auf ihren obersten Borden etwas abstellen lässt — ein Pfeifenständer, eine Lampe, der Whisky.

Im Zentrum des Sterns aus Bücherregalen, in der Mitte des Zimmers, steht der Schaukelstuhl. Der Mann blickt neben sich, auf die Bücherstapel, die er um sich herum verteilt hat. Das Gesamtwerk Gottfried Benns, ausnahmsweise in einer wohlfeilen Ausgabe, ein Geschenk seiner

Frau, ist als Nächstes dran. Borges und Broch sollen folgen.

Ein Buchstabe pro Jahr, das „A“ hat er schon absolviert. Ein scharlachroter Buchstabe aus Glanzpapier, eigenhändig auf Karton geklebt, schmückt das erste Regalbrett linkerhand der Eingangstür. Auf diesen Einfall ist er besonders stolz, obwohl er ja eigentlich aus dem Bastelalter heraus ist. Einundfünfzig. Für das „B“ wird er sich etwas Neues einfallen lassen, vielleicht etwas Grünes, zu Benn passend, man wird sehen.

Man wird sehen? Nicht viel mehr wird er zu sehen bekommen, unser Mann. Jetzt kommt er gerade zum Stillstand, drückt die Zigarette aus, pustet versehentlich mit seinem Atem Staubkörnchen und Asche gleichermaßen aus dem Aschenbecher, steht auf und klopft sich das Hosenbein ab.

Ein letzter Blick in die Runde, die Bibliothek ist sein ganzer Stolz. Sein heimlicher Stolz auch. Ein Refugium, in das kein Telefonklingeln eindringen kann. Sein Refugium. Nichts und niemand kann ihn hier erreichen, keine lästigen Klienten, keine Frau, die schmollend darauf wartet, dass er sich ihr wieder zuwenden möge.

Zu seinem Fünfzigsten im vorigen Jahr hat er sich selbst diese Zweitwohnung geschenkt. Jeder Maler braucht sein Atelier, da wird sich doch ein Leser noch eine Lektüredependance gönnen dürfen?

Sechsundzwanzig Buchstaben hat das Alphabet. Bis er fünfundsiebzig ist, kann er, wenn nicht die gesamte, so doch einen Großteil der Weltliteratur durchaus noch schaffen.

Die Lebenszeit, die „X“ und „Y“ ihm schenken werden, soll dem vielbevölkerten „M“ zugutekommen und dem „S“, das noch dazu diese Vielschreiber hervorgebracht hat, Schiller, Shakespeare, Sir Walter Scott.

Aber auch auf das „W“ mit Christa Wolf und Roger Willemsen freut er sich. Und seine Frau braucht nichts davon zu wissen. Sie würde ihm Blumentöpfe, Wandkalender, gar Häkelmützen für die Bücherstützen schenken, sie würde Kuchen backen und zum Abstauben kommen wollen. Dafür würde sie Fettflecke auf den Einbänden hinterlassen, seine Altmännerklause wäre sofort in Gefahr.

Es reicht, dass er die von ihr gestrickten Freizeitjacken tragen muss. Sicher sitzt sie gerade wieder daheim vor dem Fernsehgerät und wickelt oder ribbelt Wolle auf für die diesjährige Weihnachtsproduktion. Er aber hat Besseres im Sinn. Ihn erwartet Julian Barnes. Zwar nicht ihn persönlich, aber ihn, den Leser und Literaturfreund, den Kenner seines Werkes, wenn auch nur in der deutschen Übersetzung. Barnes wird gleich im Literaturhaus an der Außenalster lesen, und er, unser Mann, wird bei diesem Anlass, wie schon oft, in der ersten Reihe sitzen.

Zum Literaturhaus hat er es nicht weit. Darauf hat er bei der Wohnungssuche geachtet, neben dem Lichteinfall von oben war der Fußweg zum Schwanenwik von ausschlaggebender Bedeutung. Und Bellevue, so darf eine Straße schon heißen, wenn unser Mann in ihr seine Zweitbibliothek einrichten soll.

Er braucht jetzt nur ein Stückchen an der Alster entlang zu schlendern, fünf Minuten, wenn’s hoch kommt sieben, dann ist er da.

Wie immer hängt der Mann seinen Gedanken nach, und den Schatten, der auf ihn wartet, sieht er nicht. Jeder Mann wird ja bei seinen Taten von einem unsichtbaren Schatten verfolgt. Das hat er einmal irgendwo gelesen, nur selten denkt er daran. Er hat es eilig, der Mann.

Aber sein Schatten sieht ihn. Sein Schatten hat auf der gegenüberliegenden Straßenseite hinter einem Gebüsch auf ihn gewartet, er hat, leicht zitternd, zu den Fenstern der Dachwohnung hinaufgeblickt, er hat ob des wider Erwarten doch schon kühlen Sommerabends leise geflucht. Der Schatten hat sich die Beine in den Bauch gestanden, er hat an einem Schokoriegel geknabbert. Es ist ein sehr lebendiger Schatten, der da auf den Mann gewartet hat, ein Schatten, der sogar eigenen Gedanken nachgehängt hat.

Der Schatten hat das beruhigende Tuckern der Alster

dampfer und das aus der Ferne herüberwehende Tuten der Schiffe im Hafen gehört. Erst haben Sehnsucht und Fernweh, dann hat Trauer vom Schatten Besitz ergriffen.

Ewig dieses Warten!, hat der Schatten gedacht. Aber damit hat es nun bald ein Ende.

Als der Mann das Haus verlassen hat und zum Greifen

nah an ihm vorbeigegangen ist, hat der Schatten kurz die Luft anhalten müssen. Aber dann ist er aus dem Schutz des Gebüschs hervorgetreten und ist dem Mann betont unauffällig gefolgt. Er hat es dabei nach Möglichkeit vermieden, auf dessen Rücken zu starren. Heute Abend will er den Mann nicht mehr zum Umdrehen bewegen.

Wenige Minuten später sind sie am Schwanenwik angekommen, und der Mann hat die Straße zielstrebig überquert, während der Schatten hinter einem Baum unweit des ehemaligen Klohäuschens gewartet hat, in dem sich jetzt das Café Alsterperle befindet.

Dann ist auch er über die Straße gehuscht und zwischen den gut gekleideten jungen Leuten hindurch, die lachend und plaudernd die Treppen zur Nummer 38 hochsteigen, in die schöne Villa geschlüpft. Links vom Eingang führt eine Treppe hinunter in den Keller, zu den Toiletten.

Der Schatten weiß, dass der Mann das Herrenklo aufsuchen wird, wie immer vor längeren Veranstaltungen; er ist in den Jahren, wo er das schon aus prophylaktischen Gründen tun muss. Das ist jetzt die Chance des Schattens, der schwerelos die Stufen zum Keller hinabgleitet. Das einzige Geräusch, das dabei von ihm zu hören ist, ist ein leises Klicken in der rechten Tasche seines Trenchcoats, aber das hört niemand außer ihm.

Von oben an der Bar hört man Stimmengewirr und Gläserklirren, unten rauschen die Klospülungen der Damentoilette, und aus dem Kellerraum, der zum Restaurant gehört, dringt ein Schleifen und Scharren, derweil Getränkekisten über den Fußboden gezogen werden.

Im Bruchteil einer Sekunde, bevor sich noch die Tür

zum Damenklo öffnen kann, hat sich der Schatten, lautlos und schnell wie eine Katze, in die Herrentoilette gewagt. Er vergisst nicht, die Tür hinter sich zu schließen und steht nun leicht an die kühle Fliesenwand gelehnt. Endlich hat der Schatten den zu ihm gehörigen Mann erreicht. Jetzt kann er die Rechte aus der Manteltasche ziehen.

Schräg links vor ihm, keine zwei Meter entfernt, steht der Mann am Waschbecken und wäscht sich sorgfältig die Hände. Ihre Blicke begegnen sich im Spiegel. Erstaunt dreht sich der Mann zu seinem Schatten um, da fällt der Schuss.

Dann fällt der Mann, mit offenem Mund und nassen Händen, seinem Schatten entgegen.

Die Frau ist zur Alster zurückgekehrt. Es ging ja alles viel einfacher als gedacht. Unbemerkt hat sie aus dem Keller wieder hochsteigen können, und niemand hat von ihr Notiz genommen, als sie sich zwischen den immer noch ins Haus strömenden Besuchern nach draußen gedrängelt hat. Sie ist es gewohnt, dass kein Aufhebens um sie gemacht wird, wie unsichtbar wirkt sie oft. Das war jetzt einmal ihre Chance, wer achtet schon auf eine unscheinbare Frau wie sie?

Die Frau gluckst befriedigt vor sich hin, sie hat noch einen Schuss im Magazin. Es war richtig, die Pistole mit dem Schalldämpfer zu wählen. Sie lässt sich auf einer Bank nieder. Ein bisschen weich sind ihre Knie nun doch, aber sie hat ja keine Eile. Es ist völlig gleichgültig, ob die andere zehn Minuten früher oder später dran glauben muss.

Sie wird schließlich auch mal jemanden warten lassen dürfen, oder nicht? Und wie oft hat sie selbst im letzten Jahr wegen dieser Dame hintanstehen, sich nach ihrem Mann sehnen müssen, der mal wieder nicht zum Abendbrot erschien. Von wegen Überstunden in der Kanzlei! Ihr hat er nichts vormachen können.

Sie hat schon lange einen Verdacht gehegt. Bis sie ihm nachgeschlichen ist, mehrmals. Und immer hat sie ihn in diesem Haus in der Bellevue verschwinden sehen, vom Gebüsch aus hat sie ihn beobachtet und geduldig darauf gewartet, bis er wieder herausgekommen ist, mit diesem befriedigten Lächeln auf den Lippen. Es ist ihr nicht entgangen, hat ihr bodenlos wehgetan, aber damit ist es nun vorbei. Dem Himmel sei Dank!

Und jetzt also zu dieser Dame. Sie weiß nicht einmal, wie sie heißt, welcher von den Namen auf den Klingelschildchen, die sie ausgiebig studiert hat, zu ihr gehört. Sogar gerochen hat sie an den Schildern, hat geschnüffelt, ob irgendwo ein Pfeifenduft vom Daumen ihres Mannes hängen geblieben sei, aber vergeblich.

So ist die andere eben die Namenlose geblieben, ein weißer Fetzen Papier, blank und leer wie das oberste Klingelschildchen, von dem sie vermutet, dass es das richtige ist. Denn immer, wenn ihr Mann im letzten Winter in dem Haus verschwand, leuchtete kurz darauf in der Dachwohnung ein Lichtschein auf. Sie hat ihn wohl im Dunkeln erwartet, hat sicher auch sonst so einiges zu verbergen, diese Dame. Aber das werden wir gleich haben.

Die Frau hat sich alles bis ins Kleinste ausgemalt. Sie hat sich von dem verdächtigen Schlüsselbund, das sie bei seiner letzten — ja wirklich: letzten — Dienstreise in der Jackentasche ihres Mannes fand, zwei Nachschlüssel anfertigen lassen. Die probiert sie jetzt aus, der größere, wie erwartet, passt ins Haustürschloss. Langsam, sich zu ruhigerem Atem zwingend, steigt sie die Treppen hoch.

Vor jeder Etagentür bleibt sie stehen und horcht. Kindergeschrei hinter der Tür im ersten Stock, die scheidet aus. Fernsehstimmen in der zweiten Etage, an deren Tür aber, anders als unten am Eingang, zwei Namensschilder kleben. Betrug in wilder Ehe? Möglich, aber in diesem Fall unwahrscheinlich.

Als sie den obersten Treppenabsatz erreicht hat, klopft ihr Herz so laut, dass sie denkt, es müsse bis in die Wohnungen hinein zu hören sein. Ihr Blick fällt auf das Pappzettelchen, das mit Tesafilm neben der Klingel angebracht ist. Zum zweiten Mal an diesem Abend schaut die Frau in einen Spiegel und erblickt darin ihren Mann.

Sein Name ist es, der da geschrieben steht, sein Name, der auch der ihre geworden ist. Dass er so unverfroren sein konnte, die Wohnung selbst anzumieten, hat sie ihm nicht zugetraut. Aber jetzt wird sie das Liebesnest ausheben, und zwar ein für alle Mal. Sie hat es sich genau überlegt.

Gleich wird sie schellen und sich unter dem Vorwand, sich von Frau zu Frau aussprechen zu wollen, Einlass verschaffen. Dann wird sie der anderen ihre Fragen und die Pistole vorhalten. Sie wird ihr den Abschiedsbrief diktieren. Die Geliebte wird sich des Mordes an ihrem Gönner, der sie verlassen wollte, bezichtigen. Und dann wird sie Selbstmord begehen.

Die Frau holt noch einmal tief Luft, dann klingelt sie. Wieder muss sie warten, aber das ist sie ja gewohnt. Sollte die andere ausgerechnet heute Abend ausgegangen sein? Sie hat doch sonst nie nach ihrem Mann das Haus verlassen. Aber sei's drum, die Frau hat ja den Schlüssel. Sie wird eben in der Wohnung auf das Flittchen warten. Das wird ihr sogar einen Platzvorteil verschaffen.

Der Moment, in dem die Frau den Nachschlüssel zückt, ist der glücklichste ihres Lebens. Allerdings wird die Intensität dieses Gefühls im nächsten Augenblick, wenn sie schockiert vor ordentlichen Bücherregalen steht, noch übertroffen werden.

Der Umsatz war wieder einmal bescheiden. Manchmal fragt sich der nette Buchhändler aus dem Literaturhaus, warum er nicht eine Kneipe aufgemacht hat. Für ihren Entre-deux-mers oder den sauren Edelzwicker, für ihren Campari-Soda, den dritten Espresso und vierten Cappuccino geben sie bedenkenlos Geld aus, aber bei den Büchern, da werden sie knauserig.

Ein, zwei verkaufte Titel pro Leseabend, das lohnt nicht einmal den Stundenlohn des Herumsitzens. Nun, Julian Barnes war nicht schlecht, und jeder Buchhändler ist nun mal ein gottverdammter Idealist, und zum Glück hat er ja ein paar gut verdienende Stammkunden. Die sorgen an den langen Sonnabenden schon dafür, dass seine Familie und er etwas zu beißen haben.

Er hat die unverkauften Bücher wieder in die Kiste gepackt, lediglich einige vom Autor handsignierte Exemplare ins Regal gestellt und seinen Laden abgeschlossen.

Kurz hat er überlegt, ob er sich noch in die Runde um den Autor mischen soll, die sich, wie nach jeder Lesung, am Stammtisch im Café Schwanenwik eingefunden hat. Erstaunlich, wie schnell das Gespräch immer von den Büchern wegstrebt und bei Essen und Trinken oder dem Austausch von Eitelkeiten landet. Bestellungen werden aufgegeben, irgendjemand wartet mit einer Anekdote auf, ach nein, das muss er heute nicht haben. Außerdem wartet daheim seine Frau, es zieht ihn nach Altona.

Aber bevor er ins Auto steigt, will er schnell noch einmal auf die Toilette gehen, im Laden war so ein Betrieb, den ganzen Tag ist er nicht dazu gekommen.

Als Drittem haben wir nun also Herrn Samtleben den Schock seines Lebens verpasst. Das hat er eigentlich nicht verdient, der nette Buchhändler aus dem Literaturhaus, dass er seinen besten Kunden und noch dazu unter diesem Umständen verlor. Und nach Hause wird er jetzt auch nicht so schnell kommen, erst muss er noch der Kriminalpolizei Rede und Antwort stehen. Seine liebe Frau wird ein wenig auf ihn warten müssen.

HAMBURG-NORD
BARMBEK

Mord in der City Nord

Stephanie Fleischer

„Wer übernimmt eigentlich den Posten der Service-Leitung?“

„Ich habe gehört, da ist Alex im Gespräch.“

„Alex? Das glaube ich nicht. Lucy schiebt doch eine ganz dicke Kugel mit der Meiendorf, und die hat beim Chef einen Stein im Brett. Da hat Alex keine Chance.“

„Ich sag ja auch nur, was ich gehört habe.“

„Guten Morgen, ihr Lieben. Ist was?“

„Oh, guten Morgen, Alex.“

Alexandra ließ ihre Handtasche neben dem Schreibtisch fallen, entschied sich, den Gesprächsfetzen von gerade eben zu ignorieren und stöpselte das Headset ein, das Inga und Silke bereits aufgesetzt hatten. Noch waren die Leitungen ruhig, denn statt mit den Kunden plauschten ihre Kolleginnen unverdrossen miteinander weiter. Alexandra schnappte etwas von Kartoffelsalat mit Balsamico-Dressing, einer Ü-30-Party und überteuerten Babysittern auf.

Sie stöhnte innerlich. Diese Probleme wollte sie auch gerne haben. Sie hatte es noch nicht einmal zu einer festen Beziehung gebracht, brauchte sich infolgedessen nicht um die Feinheiten der gehobenen Küche und schon gar nicht um Babysitter zu bemühen. Sie marschierte in die Küche und kam mit einer Tasse Kaffee zurück, schwarz. Die ersten Anrufe trudelten ein, und von Kunde zu Kunde wurde sie munterer: „Telasupra. Sie sprechen mit Alexandra Busch, was kann ich für Sie tun?"

„Sieh sie dir an – freundlich, dynamisch, verkaufsfördernd." Doris Meiendorf schaute durch die Glasfront, die das Einzelbüro ihres Chefs von dem Großraumbüro der Service-Kräfte trennte. „Eine Persönlichkeit, wie sie Telasupra braucht, um das Servicepersonal zu leiten."

„Ich weiß nicht." Jürgen Hachling fuhr sich über seine beginnende Halbglatze und lehnte sich in seinem Ledersessel zurück. „Die arbeitet doch noch gar nicht lange für uns, und ich verstehe dich nicht. Bislang hast du keinen Hehl daraus gemacht, wie sehr du Lucy Schröder schätzt."

„Na ja, man kann doch mal seine Meinung ändern. Für den Job brauchen wir nun einmal die Beste. Ich werde das Lucy schon irgendwie begreiflich machen."

„Ständig gibt's Ärger im Service. Ich will jemanden, der damit endlich aufräumt."

„Eben, wir brauchen jemanden, der effizient zur Sache geht – freundlich, aber bestimmt. Nur so bleiben wir konkurrenzfähig."

„Also gut, ich schaue mir die Dame mal näher an, aber die Sache bleibt unter uns. Vor allem Frau Busch wird noch nicht informiert. Ich will mir erst selbst klar werden, bevor ich irgendjemanden einweihe. Es wird hier sowieso schon viel zu viel geklatscht."

„Versprochen."

„Leiten wir die erste Testphase ein. Mal sehen, ob unsere Kollegin auch so gut zurechtkommt, wenn wir den Druck ein bisschen erhöhen. Ich werde Frau Busch ab kommender Woche in der Nachmittagsschicht einsetzen. Das ist anstrengender – höheres Kundenaufkommen und weniger Freizeit am Abend. Das Privatleben wird eingeengt, kenne ich nur zu gut aus eigener Erfahrung. Und sie muss sich in einem neuen Team behaupten."

„Zur Nachmittagsgruppe gehört auch Lucy Schröder. Da haben wir dann gleich den direkten Vergleich."

„Alex, ist ja toll, dass wir jetzt in der gleichen Schicht arbeiten. Herzlich willkommen im Team."

Lucy trat für Alexandras Geschmack viel zu nah an sie heran und legte nun auch noch den Arm um ihre Schultern – eine Geste, die Alex bestenfalls einer guten Freundin gestattet hätte, das Gleiche traf auf die Verwendung ihres Spitznamens zu. Sie konnte sich nicht daran erinnern, mit Lucy Schröder auf Brüderschaft angestoßen zu haben.

Alexandra versteifte sich. Einfach widerlich, dieser süßlich gekünstelte Ton. Ungerührt blieb sie auf ihrem Stuhl sitzen und loggte sich mit ihrem Passwort ins System ein. Endlich ließ Lucy von ihr ab und marschierte strammen Schrittes an ihren eigenen Platz. Alexandra seufzte erleichtert auf.

„Sie, ich bin umgezogen und brauche einen neuen Telefonanschluss. Heute sollte der Techniker kommen, der offensichtlich anderes zu tun hatte, als zu einem Kundentermin zu erscheinen. Ich habe mir extra einen Tag Urlaub nehmen müssen, weil es hieß, zwischen acht und siebzehn Uhr, genauer ging's angeblich nicht. Was ist das eigentlich für ein Saftladen da bei Ihnen?"

„Es tut mir leid, da liegt sicherlich ein Versehen vor", beschwichtigte Alexandra.

„Wenn Sie mir nicht auf der Stelle einen Techniker besorgen, haben Sie einen Grund, sich selbst leid zu tun. Ich werde mich bei Ihrem Vorgesetzten beschweren."

„Ich vereinbare einen neuen Termin für Sie. Heute kann ich leider keinen Mitarbeiter mehr erreichen, aber ich verspreche Ihnen, der neue Termin wird eingehalten."

„Wehe nicht", grummelte der Anrufer und legte auf.

Alexandra zog die verspannten Schultern hoch und ließ den Kopf kreisen. Ein kläglicher Versuch, die Muskeln zu lockern. In letzter Zeit hatte sie immerzu aufgebrachte Kunden am Apparat. Sie fragte sich, was das Vormittagsteam seit ein paar Wochen eigentlich für Mist verzapfte. Ständig musste sie die Fehlleistungen anderer kompensieren und nette Worte für ungehobelte Brüllaffen finden. Langsam fiel es ihr wirklich schwer, mit guter Laune an ihren Arbeitsplatz zu gehen.

„Na, wie läuft's?"

Die schon wieder. Lucy Schröder hatte ihr in dieser Stimmung gerade noch gefehlt.

„Bestens", gab Alexandra knapp und mit einem Lächeln zurück, das sie nicht fühlte.

„Was glaubt die eigentlich, wer die ist?", tobte Jürgen Hachling. „Madame hat es heute nicht für nötig befunden, zum Quartalsmeeting zu erscheinen."

„Dafür hat sie sich doch entschuldigt. Sie hat die E-Mail mit der Einladung nicht bekommen", erwiderte Doris Meiendorf.

„Das ist doch vollkommener Quatsch. Ich weiß genau, dass ich die Einladung über den Verteiler an alle gesendet habe. Und dazu gehört doch wohl auch Fräulein Gernegroß."

„Vielleicht ist sie im Moment etwas überlastet und hat die Nachricht übersehen."

„Dass ich nicht lache, überlastet. Schlampig arbeiten nenne ich das. Na, die kann mich mal kennenlernen. Pustekuchen von wegen Beförderung. Im Auge behalten sollten wir sie aber auf jeden Fall – um sie bei nächster Gelegenheit zu feuern, wenn sie sich weiter so gehen lässt."

„Mit den Kunden kommt sie aber gut zurecht."

„Pah, mir kommt sie jeden Tag schnippischer vor. Die kann man kaum noch auf die Anrufer loslassen, wenn du mich fragst."

Doris Meiendorf verließ gerade das Büro des Chefs, als Lucy Schröder ihren Weg kreuzte und sie freudestrahlend anlächelte, als würde es das Thema Beförderung für die vakante Stelle, über die sich alle den Kopf zerbrachen, überhaupt nicht geben. Eine Diskussion, die bislang spurlos an Lucy vorbeigegangen war, obwohl sie aufgrund ihrer langen Firmenzugehörigkeit sehr wohl von ihrer Vorgesetzten erwarten konnte, für eben diese Stelle vorgeschlagen zu werden.

„Ich habe mich neulich mit den Mädels vom Vormittagsteam unterhalten“, bemerkte sie. „Die wollten wissen, ob Alex immer noch so viel Stress zu Hause hat mit ihrer kranken Mutter. Da kann man ja verstehen, dass sie etwas zerstreut ist. Wir müssen im Moment eben auf sie Rücksicht nehmen und hin und wieder für sie einspringen.“

„Nett, dass du mir das sagst“, meinte Doris. „Ich wusste gar nicht, dass Alexandra so große Sorgen hat.“

„We are the champions“, pfiff Lucy, als sie sich an ihren Platz setzte. Alexandra blickte genervt auf ihre Tastatur.

Sie war nur noch kurz angebunden in letzter Zeit, und gute Laune war das Letzte, was sie heute vertragen konnte.

„Was guckst du denn so grimmig?“, fragte Lucy auch noch.

„Ach, nichts“, rang sich Alexandra ab und tat schwer beschäftigt. Sie hoffte inständig, dass sich der Zeiger der Uhr schneller in Richtung Feierabend bewegen möge.

Fahrig strich sie sich durchs Haar und drückte versehentlich die falsche Taste, als sich der nächste Anrufer meldete.

Alexandra stieg müde die Stufen der U-Bahn hinauf. Am liebsten wäre sie wieder umgekehrt. Von der Haltestelle Sengelmannstraße zurück nach Wandsbek, in ihre Wohnung, in ihr kuscheliges Bett, wo sie sich die Decke über die Ohren ziehen konnte. Allerdings fand sie auch dort keine Ruhe mehr, nachts konnte sie nicht schlafen. Gedanken an Kunden, die sich über mangelnden Service beschwerten, kreisten in ihrem Kopf herum. Techniker, die nicht erschienen, obwohl man die Termine bestätigt hatte; TV-Decoder, die ohne Bestellung versandt wurden oder Anfragen nach neuen Rufnummern, die auf wundersame Weise im Nirwana des Internets versackten.

Diesen Morgen hatte sie schon prophylaktisch mit einer Schmerztablette gegen ihre Kopfschmerzen begonnen. Doch nichts half mehr. Alexandra blickte verstohlen zum Ausgang Richtung Alsterdorfer Markt. Dort gab es ein Café, in das sie sich mittlerweile in den Mittagspausen verkroch, weil sie es nicht mehr aushielt, die Kantine aufzusuchen, in der sie überall auf Kollegen stieß.

Sie fühlte sich beobachtet, von Mitarbeitern, von Lucy sowieso, von der Meiendorf, sogar vom Chef. Ständig spürte sie Argusaugen auf sich ruhen. Voller Boshaftigkeit musterten sie die anderen, Häme auf Seiten der Kollegen, totale Verachtung auf Seiten des Chefs. Sprachen die anderen nicht auch ohne Unterlass über sie?

Die Welt entglitt ihr, sie wusste nicht mehr genau, was

wirklich um sie herum geschah und was lediglich ihrer Einbildung entsprang.

Wie hatte es nur so weit kommen können? Noch vor einiger Zeit hatte sie sich kompetent, selbstbewusst und ehrgeizig gefühlt. Nun kämpfte sie um ihren lächerlichen Job, ihr lächerliches Dasein, und jeden Tag betrachtete sie als Kampfansage. Sie konnte einfach das Gefühl nicht loswerden, dass man kräftig an ihren Stuhlbeinen sägte. Aber warum nur? Sie hatte doch nichts getan.

Alexandra durchquerte den Park, schritt dann über die Manilabrücke. Nun lag er vor ihr, der mittlerweile verhasste Sitz der Telasupra am Überseering, ein ergodynamischer Quader aus Beton, Eisen und Glas, flankiert von anderen pragmatischen Zweckbauten der City Nord. Das Gebäude reflektierte die Sonnenstrahlen.

Alle Helligkeit und Dynamik wichen jedoch von Alexandra. Sie fühlte, wie sich ihr Magen umdrehte, obgleich er leer war. Appetit auf Frühstück verspürte sie schon lange nicht mehr. Schleppenden Schrittes ging sie auf das Eingangsportal zu, atmete tief ein und machte sich bereit, einen weiteren Tag voller Pleiten, Pech und Pannen über sich ergehen zu lassen.

Die eine Hälfte ihrer Schicht war in die Pause gegangen. Wie nun üblich bummelte Alexandra im Sozialraum herum, um dann selbst zu entschwinden – Richtung Café, ihrer Ruheoase. Diesmal machte ihr jemand einen Strich durch die Rechnung. Lucy, natürlich. Wer sonst?

Breitbeinig baute sie sich vor Alexandra auf. „Wen haben wir denn da? Unsere kleine Loserin. Verstecken hilft auch nicht.“

Alexandra stutzte.

„Na, heute mal wieder alles schief gelaufen?“

„Was soll das?“

„Wunderst du dich gar nicht, dass so rein gar nichts klappen will in letzter Zeit? Gib auf, du hast eh keine Schnitte mehr. Die Kollegen lachen sich kaputt über dich. Unsere Perfektionistin auf dem absteigenden Ast. Und der Chef hasst dich geradezu. Er hat die Nase voll, dass ständig neue Fehlermeldungen über dich auf seinem Schreibtisch landen.“

„Was ...“

„Tja, da staunst du, was? Ein paar Tricks hier, ein paar Gefallen dort, einige Überredungskünste bei den geschätzten Kolleginnen aus der Morgenschicht. Selbst denen erscheinst du mit etwas Nachhilfe wie die Nervensäge vor dem Herrn mit deiner ewigen überkorrekten Art. Ein paar Mails verschwinden lassen – deine penible Ablage hat es mir wirklich leicht gemacht – und schon war der Nimbus der unfehlbaren Mitarbeiterin des Teams dahin. Pech.“

Alexandra starrte Lucy fassungslos an.

„Warum?“, flüsterte sie.

„Du glaubst doch nicht, dass ich mir eine Beförderung durch einen Niemand wie dich einfach so durch die Lappen gehen lasse.“ Lucy lachte auf. „Na ja, zum Niemand habe ich dich erst gemacht. Es ist nur noch eine Frage der Zeit, bis sie dich rausschmeißen. Und den Schneid, dich woanders zu bewerben, hast du doch gar nicht mehr. Für dich ist hier Endstation.“

„Warum erzählst du mir das?"

„Oh, das erhöht den Spaß. Außerdem gibt es keinen Zeugen, und dir glaubt sowieso niemand mehr ein Sterbenswörtchen. Überlastet, durchgeknallt, völlig durch, das sagen die anderen über dich."

Ein unartikulierter Laut des Entsetzens entrang Alexandras Kehle. Dann stürzte sie sich auf ihre Widersacherin.

„Hände weg!", gellte es von der Tür.

Alexandra drehte sich um, die Hände noch erhoben.

Doris Meiendorf stand im Türrahmen. „Ich wollte eben nur noch schnell meinen Schirm holen, dann hörte ich ... Ich kann es nicht fassen. Das ... Lucy, das ist Rufmord. Das wird dich deinen Job kosten."

„Wetten nicht?" Lucy zog blitzschnell ein Brotmesser aus der Schublade und drängte Doris an die Wand. Zwischen der Schneide des Messers und Doris' Halsschlagader fehlte nur noch ein Fingerbreit.

„Lucy ein Luzifer", wisperte Alexandra und begann nach kurzem Schweigen schallend zu lachen.

„Mit der da bin ich fertig." Lucy wedelte mit dem Messer herum und deutete auf Alexandra, deren Lachen in ein Wimmern und schließlich in einen unkontrollierten Weinkrampf übergegangen war. „Der Verrückten da kann ich mühelos einen Mord in die Schuhe schieben. Dann bin ich euch beide los, und der Weg ist endlich frei für mich." Sie rückte näher an Doris heran.

Schritte auf dem Gang – die Rückkehrer aus der Pause kamen wieder. Lucy stach zu.

„Zu spät, zu spät!", schrie Alexandra, unfähig, sich zu bewegen. Die Tür flog auf.

Wenig später hasteten zwei Beamte aus dem nahe liegenden Polizeipräsidium in das Gebäude der Telasupra, dicht gefolgt von Rettungssanitätern mit einer Bahre.

Eine Woche danach bat Jürgen Hachling Silke Gerber zu einem Personalgespräch.

„Vielen Dank für Ihr Vertrauen", sagte sie, „ich möchte aber nicht, dass sich Inga, meine Freundin, Frau Niedenstetten meine ich, dass sie sich übergangen fühlt."

„Klären Sie das gefälligst untereinander. Ich brauche die Beste für die Service-Leitung, und die sind Sie. Alles andere interessiert mich nicht. Schluss mit den ewigen Zickereien. Hier ist endlich mal Professionalität gefragt."

„Gut, ich werde das Inga schon irgendwie beibringen."

„Na dann, Gratulation zur Beförderung."

Durchschnitts-Rasur

Walter M. Dobrow

Verschlafen! So ein Mist!

Peter Aldag sprang aus dem Bett. Sabine richtete sich auf, ihre linke Gesichtshälfte gerötet und ein wenig strukturiert vom Kopfkissenbezug. Sie rieb sich die Augen und sah „ihrem" Peter nach, dessen straffe sexy Pobacken eben um die Ecke verschwanden.

Schade, dafür ist nun keine Zeit mehr ..., dachte sie und spürte ein leichtes Kribbeln. „Ich bring dich zum Flughafen, Schatz!", rief sie.

Peter kam aus dem Bad, Schaum in den Mundwinkeln und die Zahnbürste in der Hand. „Nee, lass mal, Süße. Ich nehm ein Taxi."

„Blödsinn“, bestand Sabine auf ihrem Angebot und stand ebenfalls auf.

Sie streifte ihren seidenen Morgenmantel über, nachdem sie einen kritischen, aber doch recht zufriedenen Blick in den großen Spiegel geworfen hatte, der an der Schiebetür des Schrankes befestigt war. Peter hatte die Stirn gerunzelt und noch ein paar Widerworte versucht ...

Sie ging in die Küche und startete die Kaffeemaschine, die sie schon am Vorabend befüllt hatte. Zehn Minuten später kam Peter schon aus dem Bad. Frisch geduscht, rasiert und nach „Boss“ duftend.

„Lass doch, ich ruf ein Taxi“, versuchte er es nochmals, aber Sabine war schon im Bad verschwunden. Er schmierte sich schnell ein Marmeladenbrot, während der Kaffee noch vor sich hin brühte.

„Schon fertig, Schatz“, sagte Sabine. Sie hatte nur schnell einen Jogginganzug übergezogen, knallrot und körperbetonend.

Peter nahm sie in den Arm und gab ihr einen Kuss. Sie reichte ihm knapp bis an die Nase und ihre blonde Kurzhaarfrisur umrahmte ihr apartes Gesicht. „Na gut, dann aber los. Kann ich so gehen?“

Sie trat einen Schritt zurück und sah ihn prüfend an. Schwarze Schuhe, Flanellhose mit tadelloser Bügelfalte, Hemd und Krawatte, Jackett, die schütteren schwarzen, sehr kurz geschnittenen Haare gepflegt. „Ja, Schatz. Siehst toll aus.“

Ihr Golf stand in der Einfahrt und er warf seinen kleinen Samsonite in den Kofferraum und stieg auf der Beifahrerseite ein. Ihr Haus stand in der Stübeheide im Hamburger Stadtteil Wellingsbüttel, da, wo „man" wohnt. Altbau, aber auf das Beste renoviert und möbliert und der Stellung Peters angemessen. Erfolgreicher Finanzmakler mit Ambitionen auf „mehr".

Sabine war nicht überrascht gewesen, als er ihr vor nun zwei Jahren eröffnet hatte, dass er ein Stellenangebot in Wien angenommen habe.

Sie hatte sich schon auf das Leben in Österreich gefreut, aber er hatte abgewinkt. „Erst mal sehen, Schatz. Hört sich gut an, was die bieten, aber man weiß ja nie."

So hatte es sich eingependelt, dass er am Montagmorgen nach Wien flog und am Donnerstagabend wieder nach Hamburg kam.

Wie immer war die Wellingsbüttler Landstraße voll gestaut und es ging quälend langsam voran. Peter rutschte unruhig auf seinem Sitz herum.

„Nächste Woche stell ich zwei Wecker!", sagte er und Sabine lächelte ihn kurz an, bevor sie ihre Aufmerksamkeit wieder nach vorn richtete. Bis nach zwei Uhr hatte sich ihr Liebesspiel hingezogen ... Oh, sie liebte Peter!

Endlich bremste sie vor dem Terminal 1, wo sich die

Schalter der Air Berlin befanden. Peter beugte sich zu ihr herüber und küsste sie. „Bis Donnerstag, Schatz. Ich liebe dich!“

Er warf die Tür zu und nahm seinen Koffer aus der Heckklappe. Ein Taxi hupte ungeduldig hinter ihr und sie winkte ihm noch einmal zu und gab Gas. Peter sah dem Wagen nach, dann ging er auf die große Drehtür zu und pfiff: „Always walk on the bright side of life. Pfff Pfff Pfffffff ...“

Ein Herr sah ihn konsterniert an, eine ältere Dame lächelte.

Geradeaus ging es zu den Schaltern. Peter wandte sich nach links und nahm die Rolltreppe nach unten zum Ankunftsbereich. Die Shoppingmall verband die beiden Terminals und auf der linken Seite lag der Salon der „Hair Company“, den er nun betrat.

Joshi lehnte am Tresen. Schlank, braungebrannt und so schwul aussehend, wie man nur aussehen kann, wenn man ein Klischee bedienen will.

„Hi Ingo“, grüßte er mit einer übertriebenen Geste. „Kannst dich schon mal umziehen. Bin gleich bei dir. – Kaffee?“

„Moin moin Joshi, ja gern“, antwortete er.

Joshi hatte nicht nach dem Warum gefragt, als Peter, den der Friseur nur als Ingo kannte, ihn damals um seine Dienste gebeten hatte. Ingo gefiel ihm, war genau sein Typ und vielleicht ergab sich da noch etwas!

Hinter der Trennwand gab es einen kleinen Nebenraum, in dem Peter seinen Koffer auf den Tisch stellte und öffnete. Er nahm Jeans, Freizeithemd und Wildlederjacke sowie seine bequemen Dockster-Schuhe heraus und zog sich um. Wie immer um diese Zeit an Montagen. Seit nunmehr zwei Jahren. Mein Gott, wie die Zeit vergeht, dachte er.

Zuerst hatte er Stress gehabt. Konnte sich nicht vorstellen, dass das gut ging, aber es ging tatsächlich und vor allem: Ihm ging es verdammt gut dabei! Er nahm auf dem Frisiersessel Platz und Joshi stellte den dampfenden Becher auf das Tischchen.

„Tolles Wetter wird das heute ...", plauderte Joshi drauflos und Peter schloss die Augen. Ohne Joshi wär das nicht gegangen, dachte er und plauderte dankbar zurück. Joshi war früher Maskenbildner beim Thalia-Theater gewesen und verstand etwas von seinem Beruf. Nach zwanzig Minuten hatte Peter Aldag sich in Ingo Kleinert verwandelt. Leger gekleidet, braungebrannt und mit einem gepflegt gestutzten Bart und einer blonden Perücke, die ihn vollständig unkenntlich machte.

„Bis Donnerstag, Joshi", verabschiedete sich Ingo und drückte dem Friseur einen Schein in die Hand. Nicht so sehr für seine Arbeit als vielmehr für seine Diskretion.

Joshi hob die Visitenkarte auf, die Ingo aus der Tasche gefallen war, als er seinen Geldbeutel gezückt hatte. „Peter Aldag", las er und legte die Karte ins Fach des Tresens. Genau sein Typ ...Hach!

Ingo nahm ein Taxi und ließ sich nach Eppendorf fahren. In der Löwenstraße, vor einem perfekt renovierten Jugendstilhaus, stieg er aus und klingelte zweimal an dem Schild, auf dem „Pöschl/Kleinert" stand. Der Summer öffnete die

Tür und Ingo rannte die Treppe in den ersten Stock hinauf und ... in Julias Arme. Ein Kuss in der Tür folgte, so heiß und lang, dass Frau Melchert, die gerade von oben kam, stehen blieb und neidvoll sagte: „So jung müsste man noch mal sein ..."

Julia grinste und zog Ingo in die Wohnung. „Erst Frühstück oder erst mal ..."

„Erst mal!", sagte Ingo und zog Julia hinter sich her ins Schlafzimmer.

Er hatte sie in Wien kennengelernt, als er sich dort vorgestellt hatte. Soweit stimmte das mit Wien, aber dann ... Die angebotene Stelle war nichts für ihn gewesen, aber Julia, die an der Bar des „Naschmarkt-Hotels" gearbeitet hatte, die war etwas für ihn. Äußerlich Sabine nicht einmal unähnlich – beide waren in etwa gleich groß mit fast identischem Körperbau – war Julia ganz der verkörperte Wiener Schmäh. Mit einer schon fast unheimlichen Leichtigkeit des Seins und mit einer Hingabe ...

So hatte Peter sich halt etwas ausgedacht. Arbeitete, wenn er in „Wien" war, vom PC aus, der in seinem Arbeitszimmer in der Löwenstraße stand, und Julia, die sich auch komplett und restlos in ihn verliebt hatte, spielte das Spiel mit.

Dass er verheiratet war, ahnte sie, hatte bisher aber nie nach „ihr" gefragt. Sie kannte ihn als Ingo Kleinert und dabei sollte es bleiben. Der falsche Name und die äußerliche Verwandlung waren „für alle Fälle", weil man in einer Stadt wie Hamburg immer mal jemandem begegnet, den man kennt.

„Wann beichtest endlich amol deina Frau?“, fragte Julia plötzlich, nachdem sich ihr Atem beruhigt hatte und sie in seinen Arm gekuschelt neben ihm lag.

„I liab di, woast scho, gel?“, flüsterte sie und Ingo erschauerte etwas. Das hatte er befürchtet. Konnte nie etwas bleiben, wie es war?

„Bald, Schatz, bald“, antwortete er und drückte sie an sich. Ihre langen schwarzen Haare kitzelten in seiner Nase und er musste niesen.

Julia seufzte und schwang sich aus dem Bett. „A geh ... I mach an Kaffe!“

Ingo sah ihr nach. „Einen Einspänner, bitte“, rief er ihr nach und war glücklich.

Am Dienstagabend gingen sie immer ins „Maybach“. Der Barkeeper kannte sie und stellte unaufgefordert ein Bier für Ingo und einen Mai-Tai für Julia auf den Tresen. Sie saßen, wenn möglich, immer am Tresen, wo man durch kleine Säulen einigermaßen gegen Blicke gefeit war.

Julia trank, dann zupfte sie zärtlich an der blonden Perücke, die aber gut fixiert war. „Is scho luschtig, dera Pudl“, sagte sie.

„Ja, der Joshi versteht sein Handwerk, auch wenn er so ein schwuler Hund ist. Hej, kennst du den?“, fuhr er fort. „Der Schwule lässt die Arbeit ruh'n und freut sich auf den After-noon ... Hahhahha!“

Julia kicherte und verschluckte sich an ihrem Cocktail.

Joshi kicherte nicht. Er saß direkt hinter der Säule und Ingo hatte ihn nicht bemerkt. Joshi war zwar schwul und einiges von Seiten der Umwelt gewohnt, aber so eine

Intoleranz wie die eben erlebte trieb ihm die Zornesröte ins Gesicht. Er hatte Ingo natürlich erkannt.

Du Arsch!, dachte er und spürte, dass ihm die Tränen kamen. Dir werde ich helfen!

Sabine glaubte ihm nicht. Er hatte sie angerufen. Hatte die Visitenkarte aus der Lade genommen und sie angerufen. Sie trafen sich im Alster-Einkaufszentrum, kurz AEZ genannt, in Poppenbüttel, nicht weit von Sabines und Peters Haus. Beim zweiten Cappuccino im „Galeria-Restaurant" war Sabine dann überzeugt und vollkommen verwirrt und emotionsgeladen und genauso auf Rache aus wie Joshi.

Am Donnerstagabend sah Sabine durch die große Scheibe der Rückverwandlung Ingos in Peter zu. Joshi hatte ihr die Uhrzeit genannt. Ihre Handflächen wurden schweißnass vor Wut, als sie sah, dass alles stimmte, was der Friseur ihr gesagt hatte. In diesem Moment kippte große Liebe endgültig in tiefen Hass. Sie rannte aus dem Flughafengebäude ins Parkhaus, wo ihr Wagen stand, um vor Peter zu Hause zu sein.

„Hallo Schatz", begrüßte sie ihn, küsste ihn, als er seinen Samsonite im Flur abstellte, und wunderte sich über sich selbst.

Wieder ein Donnerstagabend. Es war Herbst geworden. Weniger Menschen waren unterwegs und es wurde schon früh dunkel. Die Leute trugen Rollkragen und Schals und waren schlecht zu unterscheiden.

Joshi hatte ein gutes Gedächtnis. Er hatte Julia ja

damals im „Maybach“ gesehen und es hatte ihn nur ein paar Minuten gekostet, Sabine mittels einer schwarzen Langhaar-Perücke und etwas Schminke in Julia zu verwandeln. Zumindest äußerlich. Sie wartete im Zeitungsladen nebenan.

„Hallo Ingo“, sagte Joshi und wies auf den Sessel. „Kann sofort losgehen.“

Ingo stellte den Samsonite in die Ecke und nahm Platz. Er bekam ein Tuch umgelegt und Joshi reichte ihm zwei Wattepads, die Ingo wie immer auf seine Augen legte. Er hatte einmal etwas von der Tinktur ins Auge bekommen, mit der die Perücke gelöst wurde ... Nie wieder!

„Warte einen Moment. Da ist ein Kunde am Tresen“, sagte Joshi und ging nach nebenan in den Zeitungskiosk, wo er fast unmerklich Sabine zunickte.

„Hallo!“, begrüßte er die Verkäuferin, die er natürlich kannte, lautstark, und sie nickte ihm zu.

Sabine betrat ohne zögern den Frisiersalon, nahm das aufgeklappte Rasiermesser, das Joshi auf den Tresen

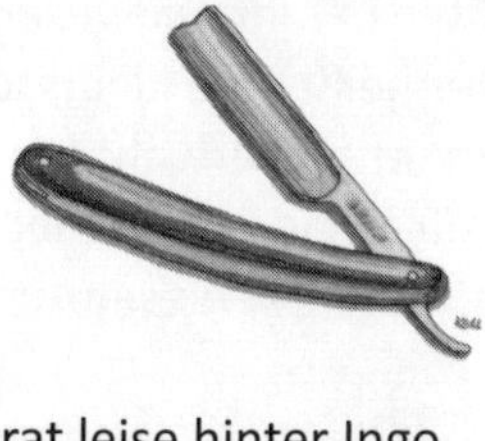

gelegt hatte und trat leise hinter Ingo.

Sie legte ihre linke Hand an seine Stirn, riss seinen Kopf nach hinten und sagte kalt, unheimlich kalt: „Auf Wiedersehen, du Schwein!“

Dann durchschnitt sie, so wie sie es zehnmal über der

Badewanne an toten Hühnern geübt hatte, seine Kehle. Blut schoss hervor und sie musste zurückspringen, um nicht bespritzt zu werden. Jetzt wurde ihr übel und sie brauchte alle Kraft, um den Würgreiz zu bewältigen. Dann rannte sie aus dem Laden.

Sie nahm sich zusammen, um den Rest des Planes durchführen zu können, und rempelte einen Mann an. „Können Sie nicht aufpassen?“, schimpfte er.

Sie sah ihn an und sagte: „Dös g'schieat eam recht. Dem Oarsch!“

Dann war sie im Parkhaus und in ihrem Golf, riss sich die Perücke vom Kopf und stopfte sie in eine Aldi-Tüte. Nur weg hier!

Joshi „fand“ Ingo einige Minuten später. Zuvor hatte er noch den Koffer und alle Papiere, die auf Peter Aldag hinwiesen, entfernt und versteckt. Die Kripo kam und die Verkäuferin nebenan bestätigte, dass Joshi zur Tatzeit in ihrem Geschäft gewesen war. Joshi sagte aus, dass der Ermordete zwar öfter bei ihm gewesen sei und ... „Warten Sie, ich glaube er heißt Ingo Kleinert und wohnt in der Löwenstraße 24. Hat er mal erwähnt.“

Der angerempelte Mann beschrieb die schwarzhaarige Österreicherin, die unter dieser Adresse in Eppendorf festgenommen wurde.

Sabine betrat die Polizeiwache Hummelsbüttel.

Ein Beamter kam an den Tresen und sah sie an. „Was kann ich für Sie tun?“, fragte er.

Die hübsche blonde Frau sah sorgenvoll aus. „Ich ...

ich möchte ..., muss meinen Mann vermisst melden. Er ist nicht aus Wien heimgekehrt und hat sich auch nicht gemeldet ...“

Wandsbek

Wandsbek ist mit über 400.000 Einwohnern Hamburgs größter Bezirk im Nordosten der Stadt. Es ist ein vielfältiger Teil Hamburgs mit attraktiver Lebensqualität, der über den Hamburger Verkehrsverbund aus allen Richtungen gut erreichbar ist.

Unterschiedliche Wohnquartiere, mehrere große Einkaufszentren und viel Grün sind wesentlich Merkmale des Bezirkes. Der südliche Bereich in Richtung Innenstadt ist städtisch geprägt, am Stadtrand findet sich z. B. in den Ortsteilen Volksdorf, Sasel und Duvenstedt ein fast noch „dörflicher" Charakter. Das Gut Karlshöhe und der Botanische Sondergarten bringen „Natur zum Anfassen" in die Stadt.

Durch den Bezirk schlängelt sich die Alster und lädt zum Kanufahren oder zum Spazierengehen am Alsterwanderweg ein. Hier findet man viele prächtige Villen, die den Vergleich mit den Domizilen an der Elbchaussee nicht scheuen müssen.

HAMBURG-BERGEDORF

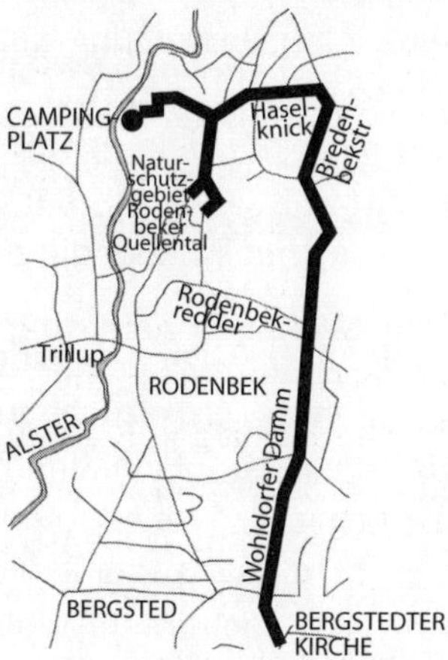

Er will doch nur spielen

Britta Heitmann

„Helmut, ich habe ein Problem. Ein Albtraum aus der Vergangenheit, du weißt doch noch, damals die Scheidung von Sigrid."

„Wie kann ich das nach all den Jahren je vergessen? Für mich als dein Anwalt war die Entscheidung des Richters mich auch frustrierend."

„Ich habe heute einen Brief vom Gericht bekommen, sie will jetzt auch noch die Hälfte meiner Betriebsrente."

„Verdammt, aber nach dem alten Scheidungsrecht kann sie wohl damit durchkommen, egal wie ungerecht das für dich ist. Kannst du vielleicht versuchen, mit ihr zu reden?"

„Reden – mit Sigrid? Das kannst du vergessen. Ich habe ihr schon jahrelang freiwillig höheren Unterhalt gezahlt, damit sie sich eine Altersversorgung aufbauen könnte, aber das wischt sie so einfach vom Tisch."

„Lothar, ich bin nicht nur dein Anwalt, sondern auch dein Freund, und du weißt, dass das damals ungeschickt war, keine Vereinbarung mit ihr über die zusätzlichen Zahlungen zu treffen."

„Was sollte ich denn tun? Wir haben doch gemeinsam die Buchführung von ihrer Dackelzucht so kreativ betrieben, so dass sie offiziell keine Einnahmen hatte. Damals hätte ich doch nie gedacht, dass es so endet. Außerdem hat sie immer gedroht, dass ich Sabine nicht mehr sehen dürfte, wenn nicht alles nach ihrem Willen ginge – und was zählten schon die Rechte eines Vaters!"

„Und wenn du Sabine ansprichst, kann die vielleicht mit ihrer Mutter reden?"

„Sabine ist gerade bei einem Umweltprojekt in der Antarktis, die konnte gar nicht weit genug wegkommen, die ist als Geologin ständig weltweit unterwegs. Der ist irgendwann auch klargeworden, dass Sigrid nur die dämlichen Köter wichtig waren."

Gedankenversunken gingen Helmut und Lothar weiter in Wellingsbüttel an der Alster entlang, stadteinwärts, wie jeden Mittwochnachmittag. Früher hatten sie Tennis gespielt. Aber die Zeiten waren vorbei, sie waren auch nicht mehr die Jüngsten. Eigentlich wollte Lothar jetzt seinen wohlverdienten Ruhestand genießen, wollte reisen und die Welt entdecken – aber mit seinen halben Rentenbezügen kam er wohl nur bis zur Ostsee. Und Sigrid war ein zähes Luder, die würde ewig leben, es sei denn ... – nein, er würde versuchen, mit ihr zu reden. Außerdem waren es bis zum Gerichtstermin ja noch fast drei Monate.

Wolfgang musterte den Wohnwagen von allen Seiten.

Wer von der Bildfläche verschwinden will, darf nicht wählerisch sein. Wenn der Türsteher ihn nicht so provoziert hätte, hätte er nicht so zugeschlagen. „Hätte er doch lieber nicht ...“, ja das zog sich durch seinen Lebenslauf, hatte ihn auch schon in den Knast gebracht, aber da wollte er nicht wieder hin.

Leider gehörte der Typ, den er zusammengeschlagen hatte, zu irgendeiner organsierten Bande. Die würden ihn zwar nicht bei der Polizei verpfeifen, aber auf St. Pauli konnte er sich erst einmal nicht mehr blicken lassen. Also blieb nur Opas Wohnwagen, der stand auf einem Campingplatz in Wohldorf-Ohlstedt, direkt an der Alster, umgeben von viel Natur, riesigen Villen und nebenan ein Kinderspielplatz. Kinder mochte er fast so wenig wie Hunde.

Er war schon lange nicht mehr in so einer feinen Gegend gewesen. Ganz schön weitläufig war es hier, und der nächste Supermarkt war am Bergstedter Markt. Gar nicht so einfach, ohne Transportmittel an das abendliche Bier zu kommen. War dafür aber wirklich hübsch hier – und zu tun hatte er ja auch nichts.

„Lothar, Lothar!"

Schon von Weitem hörte er eine Frau laut rufen. War ihr der Mann abhanden gekommen? Die Antwort lief auf vier Beinen erstaunlich schnell hinter der Biegung am Alsterwanderweg auf Wolfgang zu. Die Leine des Dackels schleifte lose über den Boden. Weit dahinter folgte seine Besitzerin, schien so eine feine Dame aus der Gegend zu sein.

„Lothar, bleib stehen!"

Der Dackel lief ungerührt weiter auf ihn zu.

„Keine Angst, der beißt nicht." Schnaufend näherte sich nun auch die Hundehalterin.

Mit Abscheu betrachtete Wolfgang das zottelige Fellbündel, das nun in Trittweite zum Sprung ansetzte. Er wollte ihn mit einem schnellen Kick beiseitetreten, da gruben sich auch schon kleine scharfe Zähne in sein Bein. Aufheulend versuchte er, den Hund abzuschütteln, aber der biss nur noch fester zu.

„Lothar, bei Fuß."

Der Dackel warf Wolfgang einen verächtlichen Blick zu, löste die Zähne und setzte sich brav an die Seite seiner Besitzerin, die nach der Leine griff.

Ein heißer Schmerz durchströmte sein Bein. Wutschnaubend humpelte er auf sie zu. Zwei stahlblaue Augen musterten ihn abwertend von oben bis unten, der Dackel an ihrer Seite knurrte tief.

„Sie Tierquäler, Sie wollten meinen Hund treten."

„Ihr Köter hat mich angefallen, dass wird Sie teuer zu stehen kommen!" Er konnte seine Wut kaum zügeln, aber neuen Ärger konnte er wirklich nicht brauchen.

„Mein Lothar? Der wollte doch nur spielen." Sie griff in die Manteltasche und drückte ihm einen zerknüllten Zwanzig-Euro-Schein in die Hand. „Das ist für Ihre Hose, das reicht ja wohl. Und wegen des Kratzers stellen Sie sich nicht so an, Sie scheinen ja öfter in Schwierigkeiten zu kommen."

Hatte die Ziege doch noch die fast verheilten Kampfspuren von der Schlägerei in seinem Gesicht entdeckt. Hinter der Biegung tauchte ein Mann mit einem Dalmatiner auf.

„Hallo Sigrid." Freundlich grüßte er die Frau und betrachte Wolfgang misstrauisch. Schnell drehte sich die Dackelbesitzerin um, nickte dem anderen Hundehalter zu und entschwand.

Wolfgang hinkte in Richtung Wohnwagen, wo er erst einmal sein Bein untersuchte. Zum Glück gingen die Zahnspuren nicht tief. Er schüttete etwas Rum auf die Wunde – zum Desinfizieren. Dann nahm er einen kräftigen Schluck aus der Flasche. Wie die ihn behandelt hatte – wie einen Penner. Na warte, dachte er, wir sehen uns bestimmt bald wieder.

Sein Wunsch ging schon am nächsten Morgen im Rodenbeker Quellental in Erfüllung. Der Dackel lief unangeleint ein Stück voraus – und das im Naturschutzgebiet. Dann erledigte er sein Geschäft am Wegesrand. Ganz schön großer Haufen für so ein bisschen Hund. Die Ziege dachte nicht einmal daran, die Hinterlassenschaften einzusammeln, blickte einmal kurz in die Runde, dann entfernte sie sich samt Dackel schnell von dem Haufen. Er drückte sich ins Gebüsch und folgte ihr unauffällig bis zu ihrem Haus am Haselknick. Ganz schön passabel, die Hütte, und sie schien allein dort zu wohnen. Bis heute Abend, dachte er und verließ pfeifend sein Versteck.

Lothar fuhr auf der B 434 stadtauswärts. Die Strecke war ihm immer noch wohlbekannt, obwohl er hier schon lange nicht mehr lang gefahren war. Sie führte zum Haus seiner ehemaligen Schwiegereltern nach Ohlstedt, in dem Sigrid jetzt wohnte. In Bergstedt bog er links ab, vorbei am Kaufhaus Hillmer, einem ehemaligen Kolonialwarengeschäft, wo seine Schwiegermutter ihre Haushaltswaren eingekauft hatte.

Er hatte gerade gelesen, dass es nach wie vor in Familienbesitz war. Schön, dass es solche Traditionen noch gab, hier war die Welt noch in Ordnung. In seiner Nachbarschaft vermehrten sich nur Telefonshops und Ein-Euro-Läden. Direkt daneben erhob sich stolz die Bergstedter Kirche, eine der ältesten Hamburgs.

Hier hatten Sigrid und er geheiratet. Nie hätte er sich vorstellen können, dass aus seiner zauberhaften Siggi-Maus mal so ein egoistischer, geldgieriger Drache werden würde. Ein junges Brautpaar trat gerade aus der Kirche, die immer noch eine sehr beliebte Hochzeitskirche war. Hoffentlich hatten die beiden mehr Glück als er mit Sigrid.

Als er das Flüsschen Bredenbek überquerte, kam er

an den großen Villen vorbei, die auch an der Elbchaussee hätten stehen können. Er bog in den Haselknick ein. Hier standen noch geschmackvolle Häuser aus den zwanziger Jahren, die berühmten Hamburger Kaffeemühlen aus Backstein und große Bungalows aus den sechziger Jahren. Zwischendrin wurde überall gebaut. Hamburg war wirklich eine reiche Stadt.

Sigrid war nach dem Tod ihrer Eltern in deren Haus eingezogen, ein charmantes älteres Gebäude. Am Zaun hing ein Schild, auf dem ein Dackel abgebildet war mit einer Sprechblase: „Hier wache ich." Soweit er wusste, lebte sie allein. Kein Wunder, wer hielt es schon mit ihr und den Kötern aus.

Lothar parkte das Auto um die Ecke. Er hatte vorher nicht angerufen. Jetzt wusste er nicht so recht, was er tun sollte. Einfach klingeln? Um den Kopf freizubekommen, ging er den Weg zur Alster entlang. Erinnerungen kamen auf, wie sie früher sonntags gemeinsam seine Schwiegereltern besucht hatten: erst der Sonntagsbraten, dann der Spaziergang. Wie stolz sie Sabine im Kinderwagen ausgefahren hatten, später hatte er dann Ostern Eier für sie am Wegesrand versteckt.

„Lothar!" War das nicht Sigrids Stimme?

„Lothar, bei Fuß."

Fassungslos starrte er Sigrid entgegen, die mit dem Dackel auf ihn zukam.

„Heißt dein Dackel Lothar?" Ungläubig sah er sie an.

„Ja, ich wollte einen Lothar, der aufs Wort gehorcht. – Lothar, mach Sitz!" Der Dackel setzte sich brav.

„Aber was machst du hier?" Erstaunt musterte sie ihn

von oben bis unten.

Sie hatte sich gut gehalten, war für seinen Geschmack allerdings etwas zu dürr. Lothar war noch damit beschäftigt, die Namensgleichheit mit dem Hund zu verarbeiten.

„Sigrid, ich wollte mit dir reden, wegen der Gerichtssache, natürlich nicht hier, ich wollte zuvor nur etwas frische Luft schnappen."

„Reden – was gibt es da zu bereden? Mir steht die Hälfte aller Renten für die Zeit, die wir verheiratet waren, zu, das weißt du so gut wie ich. Wir sehen uns bei Gericht. Komm, Lothar!" Sie zog den Hund mit sich fort.

Entmutigt blieb er zurück.

Es war spät am Abend. Lothar winselte leise. „Was ist denn los?" Sigrid wunderte sich, konnte den Blick aber kaum vom Fernseher wenden. Es lief ein spannender „Tatort", eine alte Hamburger Folge mit Manfred Krug und Charles Brauer – das waren doch noch mal ganze Männer. Ihr Exmann war ein Weichei gewesen, ja, den war sie ja auch elegant losgeworden. Lothar winselte etwas lauter. Ihr fiel ein, dass sie bei ihrem Abgang vorhin gar nicht darauf geachtet hatte, ob er sein Geschäft erledigt hatte. Lothar legte sein Dackelgesicht in Falten. Aber der „Tatort

hatte gerade erst angefangen und beim NDR gab es ja noch nicht einmal Werbepausen.

„Komm, du kannst ausnahmsweise in den Vorgarten."

Lothar sprang begeistert auf, Sigrid öffnete die Haustür und fiel fast über den völlig überraschten Wolfgang, der gerade dabei war, eine Wurst neben der Tür abzulegen, die er mit Brechmittel „verfeinert" hatte.

„Sie – was machen Sie hier, ich rufe die Polizei."

Polizei – das hieß Knast – nie wieder! Blitzschnell schubste Wolfgang sie ins Haus zurück und schlug dem Dackel die Tür vor der Nase zu. Dem waren seine Blase und der Wurstgeruch auch gerade wichtiger. Sigrid stürzte in die Küche und suchte mit wilden Blicken nach einer Waffe. Wolfgang war schneller. Mit einem Griff zog er das große Fleischmesser aus dem Messerblock, mit der anderen packte er Sigrid an der Kehle.

„Was wollen Sie von mir? Bitte, ich gebe Ihnen Geld, aber tun Sie mir nichts!" Er konnte sie kaum unter seinem harten Griff verstehen.

„Ich will doch nur spielen." Sanft strich er mit dem Messer an ihrer Kehle entlang und kicherte.

Die schrille Türklingel zerschnitt die Stille. Wolfgang zuckte zusammen, die Messerklinge drückte sich tiefer in den faltigen Hals und ritzte die Haut auf. Sigrid wimmerte und zappelte.

Verdammt, wie war er bloß wieder in diese Situation gekommen! Panisch sah er sich nach einer Fluchtmöglichkeit um, entdeckte die Terrassentür am anderen Ende der Küche. Er zerrte die jammernde Frau hinter sich her, riss die Tür auf und stieß sie grob zu Boden.

„Keine Polizei, sonst ...“, Wolfgang strich sich mit dem Zeigefinger an der Kehle entlang und sah sie drohend an. Die Bewegung hinter seinem Rücken bemerkte er zu spät – ein harter Schlag traf ihn am Kopf.

Lothar umklammerte mit beiden Händen die eiserne Zange des massiven Beton-Gartengrills und starrte auf den bewusstlosen Mann zu seinen Füßen.

„Du?“ Fassungslos blickte Sigrid ihren Exmann an. „Was machst du denn schon wieder hier?“ Sie rappelte sich auf.

„Ich wollte noch einmal mit dir reden. Mein Gott, bin ich froh, dass ich noch einmal zurückgekommen bin!“ Lothar strich sich über das schweißnasse Gesicht.

„Es gibt nichts mehr zu reden, mein Entschluss steht fest.“ Sie stemmte die Hände in die Hüften.

Ein Wimmern drang durch die Nacht. „Lothar, Lothar, mein Liebling, wo bist du?“

Sigrid stürzte in den Garten, wo der Dackel immer noch mit erheblichem Brechreiz kämpfte. „Ruf den Arzt, die Notfallnummer liegt neben dem Telefon. Mein Gott, so bewegt dich doch endlich!“, brüllte sie mit sich überschlagender Stimme.

Lothar schlurfte frustriert zum Telefon. Die winzige Hoffnung, dass er Sigrid mit dem Rettungseinsatz milde gestimmt haben könnte, zerplatzte wie eine Seifenblase.

Bergedorf

Bergedorf ist mit den dazugehörenden Vier- und Marschlande der größte Verwaltungsbezirk Hamburgs, hat jedoch die geringste Einwohnerzahl. Die Stadt liegt nicht eigentlich an einem Berg, jedoch zum Teil am Geesthang und erscheint dadurch für Hamburger Verhältnisse ziemlich „gebirgig". Nach Süden hin breitet sich die fruchtbare Marschlandschaft bis zur Elbe hin aus. Es dominiert der Gemüseanbau und von hier bringen die Bauern wie schon in alten Zeiten ihre Produkte auf die Hamburger Wochenmärkte.

Mit seinen 40.000 Einwohnern ist Bergedorf ein hübsches Städtchen, das mit der S-Bahn vom Hauptbahnhof bequem in 20 Minuten erreicht werden kann. Das einzige Schloss Hamburgs, das Bergedorfer Schloss, wurde bereits im 14. Jahrhundert urkundlich erwähnt und war die Residenz der Herzöge von Sachsen.

Beliebte Ziele in Bergedorf sind neben dem Schloss der Alte Bergedorfer Bahnhof, der zweitälteste erhaltene Bahnhof Deutschlands, die Kirche St. Petri und Pauli und die Sternwarte Bergedorf. Von der Stadt führt auf einer ehemaligen Bahntrasse ein Fahrradweg nach Süden, vorbei an Curslack (Freilichtmuseum Rick-Haus) bis zum Zollenspieker.

Wer einen Tagesausflug machen will, fährt mit dem Fahrrad bis zum Zollenspieker, setzt dort mit der Autofähre nach Niedersachsen über, radelt über Winsen nach Lüneburg und kommt von dort mit der Deutschen Bahn nach Hamburg zurück.

HAMBURG-BERGEDORF

Fischzug mit Oldtimer

Jürgen Rath

Jo drückte die Beifahrertür auf, schwang die Beine heraus und griff nach der Einkaufstüte. „Ich geh dann mal Leergut abgeben."

Wim nickte.

„Und denk daran: Immer schön den Motor laufen lassen. Nicht, dass er ausgeht."

„Ich pass schon auf."

Jo wuchtete sich mühsam aus dem Sitz hoch und stakste mit steifen Beinen über den Parkplatz des Discounters. Das nächste Mal nehmen wir ein neueres Modell, dachte er, diese durchgesessenen Polster brechen mir noch das Kreuz.

In dem großen Laden brummte es wie in einem Bienenstock, sogar am Leergutautomaten musste man sich anstellen. Jo blickte zu den vielen Menschen, die an den Kassen Schlange standen.

Samstagnachmittag und schönes Wetter, dachte er, da wollen sich die Bergedorfer wohl noch mit Grillfleisch eindecken.

Draußen auf dem Parkplatz klopfte es herrisch an die Seitenscheibe des alten Opels. Widerstrebend drehte Wim an der Kurbel.

„Bodenlose Unverschämtheit!“, herrschte ihn eine stämmige Matrone an. „Sie pesten die Gegend voll und wir müssen es einatmen. Haben Sie überhaupt noch TÜV?“

„Entschuldigung.“ Wim versuchte ein gewinnendes Lächeln, doch es gelang ihm nur unvollständig. „Ich darf den Motor nicht ausmachen. Sonst springt er nicht mehr an.“

„Ist mir doch egal! Wenn Sie Ihre alte Kiste nicht sofort ausmachen, rufe ich ...“

„Ist gut, ist gut. Ich mach ja schon.“

Unangenehme Person, dachte Wim, mit der sollte man sich nicht anlegen, die holt womöglich tatsächlich die Polizei.

Er legte den dritten Gang ein und nahm den Fuß von der Kupplung. Der Wagen machte einen Hüpfer, dann war Stille.

Inzwischen war Jo bis zum Automaten vorgerückt. Er warf eine Flasche nach der anderen durch das Loch auf das Laufband, hörte lustvoll zu, wie das Plastik geschreddert wurde, drückte schließlich den grünen Knopf und nahm die Quittung aus dem Schlitz. Dann wechselte er zur Kasse direkt am Eingang hinüber, stellte sich neben eine junge Frau, die in rasender Eile ihre Einkäufe in die Tüten stopfte, und hielt der Kassiererin den Getränkebon hin.

„Augenblick", sagte die knapp, während sie die Waren über das Scanner-Fenster schob. „Erst noch dieser Kunde. Dann sind Sie dran."

Auf dem Parkplatz fluchte Wim leise in sich hinein. Er hatte unter dem Armaturenbrett die beiden Kabelenden zusammengedrückt, der Anlasser drehte sich auch, doch es gab nur ein paar Fehlzündungen, dann Stille. Er wischte sich den Schweiß von der Stirn und aus dem Nacken. Wieder versuchte er es. Jetzt endlich heulte der Motor auf, eine stinkende Abgaswolke zog über den Parkplatz.

Jo wartete. Das Transportband an der Kasse war vollgestapelt mit Lebensmitteln, die sich unaufhaltsam auf die Kassiererin zuschoben.

Recht so, dachte er, viel Umsatz bringt viel Geld in die Kasse. Schließlich waren die Waren eingescannt, der Kunde zückte die Kreditkarte. So was Blödes, können die Leute nicht mit richtigem Geld bezahlen?

Die Verkäuferin bekam die Unterschrift. Sie faltete den Papierstreifen sorgfältig zusammen, die Kassenlade sprang auf, sie steckte den quittierten Zettel unter den Einsatz mit dem Kleingeld. Als sie nach dem Leergutbon greifen wollte, war da kein Bon mehr. Stattdessen blickte sie in den Lauf einer Pistole.

Jo beugte sich zu ihr herunter. „Pack die Scheine in meine Tüte, Baby!", zischte er in einem Tonfall, der keinen Zweifel aufkommen ließ. „Nur die Scheine. Kein Kleingeld. Sonst ..." Er wedelte mit dem Pistolenlauf.

Mit schnellen Schritten eilte Jo auf den Eingang zu.

Zügig gehen, schärfte er sich ein, nicht rennen! Rennen fällt auf.

In der Tür drehte er sich noch einmal um. Die Verkäuferin und einige der Kunden blickten ängstlich und erschrocken zu ihm hin, die Leute weiter hinten schimpften lauthals, weil es nicht weiterging. Trotz der angespannten Situation konnte Jo sich ein dünnes Lächeln nicht verkneifen: Er hatte reichlich Beute gemacht, es gab doch noch anständige Leute, die mit gutem Geld bezahlten.

Als der Opel auf die Ausfahrt zusteuerte, sah Wim einen Mann mit einem Handy am Ohr aus dem Laden stürzen und sich hektisch umschauen. Erschrocken trat er das Gaspedal durch, der Wagen stotterte, der Motor setzte aus.

„Zurückschalten, du Idiot!", brüllte Jo. „Willst du hier übernachten?"

Wieder gab es Fehlzündungen, dann hatte sich der Motor gefangen. Ohne weitere Probleme reihten sich die beiden in die Bergedorfer Straße Richtung Geesthacht ein.

„Schrei mich nicht an", schimpfte Wim. „Wer hat denn diese alte Kiste geklaut? Ist ja ein absoluter Witz: Kassenraub mit einem Oldtimer! Ich hätte mindestens einen BMW erwartet."

„Nun ja", gab Jo kleinlaut zu, „es ist nicht so einfach mit den neuen Modellen. Die sind bestens gesichert. Wegfahrsperre und so. Die kann man nicht mal eben mitnehmen."

Er blickte durch die Heckscheibe. Da war kein Polizeiwagen, kein Blaulicht, keine Signalhorn.

Gut gelaufen, dachte er.

Sie bogen nach rechts in den Pollhof ein. „Hat es sich wenigstens gelohnt?", fragte Wim.

„Klar! Was in der Kasse war, reicht für einen ganzen Winter auf Mallorca."

„Ich dachte, die packen das Geld immer in den Safe."

„Nicht um diese Zeit. Wenn der Laden so voll ist, sind alle Kassen besetzt, und dann haben sie niemanden, der das Geld wegschafft. Ich habe das ausspioniert."

„Du bist ja ein ganz Gewiefter!"

Kurz darauf lenkte Wim den Wagen in den Brookdeich hinein. Parkplatzprobleme gab es keine, es war auch kein Mensch auf der Straße, der auf sie aufmerksam werden konnte. Jo nahm die Perücke ab und riss den Schnauzer von der Oberlippe. Wim zog die Handschuhe aus und befreite sich von der Baseball-Mütze mit dem überlangen Schirm, den er sich tief ins Gesicht gezogen hatte. „Blöde Kopfbedeckung", murmelte er.

Hinter ihnen, auf der B 5, rasten mehrere Polizeiwagen Richtung Zentrum, ihre Signalhörner plärrten nervtötend. Während Wim die Jacken in die Rucksäcke stopfte, kroch Jo noch einmal in den Wagen hinein. Vorsichtig zog er die blaue Plastikfolie von den Sitzen und faltete sie auf der Straße zusammen.

„Was machst du da, Jo? Du kümmerst du dich um Müllsäcke, während dir die Polizei auf den Fersen ist? Lass uns lieber abhauen. Mir ist es zu gefährlich hier."

„Du bist ein Trottel, Wilhelm Stöver! Die Folien müssen raus, wir wollen doch keine DNA-Spuren hinterlassen."

Sie schulterten die Rucksäcke und nahmen ihre Wanderstöcke. Das Wetter ist auf unserer Seite, dachte Jo, strahlender Sonnenschein und Wandern passen gut zusammen.

Ohne Hast überquerten sie die Autobahn. Wim blickte interessiert von der Brücke hinunter. Auch hier waren Polizeiwagen mit Blaulicht unterwegs.

„Das mit der Folie war ein toller Trick", sagte er anerkennend, „du bist schon ein schlaues Kerlchen."

„Ich bin kein schlaues Kerlchen, Wim. Ich bin Jo Cool, der Robin Hood von Bergedorf! Ich verteile an die Armen, was ich den Reichen genommen habe."

„An welche Armen?"

„An mich und an dich."

Dort, wo der Pollhof nach links abknickte, schwenkte Jo nach rechts. Wim schaute ratlos. Sie standen auf einer Art Parkplatz, rechts lag eine Kleingartenkolonie, links ein Restaurant.

„Was wollen wir hier?", fragte er misstrauisch.

Jo deutete auf einen schmalen Weg, der schnurgerade nach Süden führte. „Das ist die Trasse der alten Vierländer Kleinbahn. Auf der fahren wir bis zur Elbe. Unten am Zollenspieker setzen wir mit der Fähre zur anderen Seite über. Und dann geht's nach Hannover zum Flughafen."

„Warum fliegen wir nicht von Hamburg weg? Wir könnten die S-Bahn nehmen."

„Zu gefährlich! Die Flughafen-Bullen wissen bestimmt schon Bescheid." Jo kicherte in sich hinein. „Aber an Hannover denkt sicherlich keiner von denen."

Wim schaute sich wieder um, seine Mundwinkel sackten nach unten. „Das soll 'ne Trasse sein? Ich seh keine Eisenbahn."

„Dies ist ein Wanderweg, Wilhelm Stöver!"

„Ich werd verrückt! Erst klaust du 'nen Oldtimer als Fluchtauto, und jetzt willst du mit dem vielen Geld auf'm Wanderweg spazieren gehen."

Jo fingerte einen Schlüssel aus der Tasche und löste das Schloss von den beiden Rädern, die an einem Baum lehnten. Dann trat er ganz nahe an Wim heran.

„Hast du schon mal einen Polizisten zu Fuß gesehen, Wim?"

„Was soll die blöde Frage?"

„Los, antworte!"

„Nein, hab ich nicht."

„Hast du schon mal einen Polizisten auf einem Fahrrad gesehen?"

„Nö."

Jo schwang sich auf das Rad. „Weil Polizisten nicht zu Fuß gehen und auch nicht Rad fahren, sind wir hier sicherer als auf der Durchgangsstraße. Diesen Weg kennt kein Polizist."

Wim beäugte die beiden Räder. „Wo hast du die her, Jo?"

„In Bergedorf an der S-Bahn mitgenommen."

„Du stiehlst dort Räder und schließt sie hier wieder an?"

„Natürlich schließe ich sie an. Die Menschheit wird immer schlechter. Es wird ja so viel geklaut in der letzten Zeit."

„Und warum habe ich ein Damenrad?"

„Ich dachte, der Einstieg ist bequemer für dich. Außerdem habe ich die mitgenommen, die nicht abgeschlossen waren. Das war unauffälliger."

In diesem Augenblick rollte ein Polizeiwagen den Pollhof entlang. Die Beamten blickten gelangweilt zu den beiden Männern hin. Wim fiel beinahe vom Rad vor Schreck.

„Polizei", flüsterte er, „gleich haben sie uns."

„Quatsch! Da blinkt nichts. Die machen eine Routinefahrt."

„Hoffentlich geht das gut. Ich hab ein ganz schlechtes Gefühl."

Sie radelten auf dem asphaltierten Weg, vor neugierigen Blicken und der Sonne geschützt, durch das Gebüsch auf der einen und die großen Eichen auf der anderen Seite. Hinter einem Entwässerungsgraben dehnten sich Wiesen aus, etwas weiter entfernt zogen sich Gewächshäuser hin.

„Hübsche Gegend hier", sagte Wim, „so ruhig und friedlich."

„Sag ich doch."

Die beiden Radler überholten Einzelwanderer und Familien mit Bollerwagen, manchmal kamen ihnen Radfahrer entgegen. Im Biergarten „Beim alten Bahnhof" herrschte reger Betrieb. Fahrräder lehnten am Zaun, schwitzende

Männer schwenkten schwere Krüge und führten das große Wort. Doch je weiter sie nach Süden kamen, desto weniger Menschen waren unterwegs.

„Die Fußkranken sind schon mal weg", sagte Jo zufrieden.

Wim leckte sich die Lippen. „Ich hätte auch ein Bier zischen können."

Kurz darauf überquerten sie einen Fluss, der durch die Wiesen mäanderte. „Das ist die Dove-Elbe", erklärte Jo im Stil eines Reiseführers, „ein stillgelegter Elbarm."

„Interessiert mich nicht. Ich will weg von Bergedorf."

Hinter einem breiten Wassergraben, der ihren Weg kreuzte, hielt Jo wieder an. Er zeigte nach links.

„Dort drüben habe ich einige Jahre gewohnt", sagte er nicht ohne Stolz.

Wim reckte den Hals. „Da, wo das große Haus mit dem Turm ist?"

„Ja, das ist die Justizvollzugsanstalt Vierlande."

Wim blickte seinen Kumpel erschrocken an.

„Mach keinen Quatsch, Jo", flüsterte er. „Warum führst du mich hierher? Ich will nicht ins Gefängnis."

„Sei nicht blöd, Wim! Die nehmen dich garantiert nicht. Das ist eine Jugendstrafanstalt."

Im Schatten der großen Bäume radelten sie weiter. Vor ihnen trippelte ein Fasan, der das Weite zu gewinnen suchte. Als sie ihm zu nahe kamen, stieß er einen empörten Schrei aus, hob ab und segelte mit ausgebreiteten Flügeln über die angrenzende Wiese.

Wim stoppte. „Schön bunt. Der gefällt mir."

„Lass den Stummelfuß fliegen. Ohne Federn ist der

auch nur ein Brathähnchen. Denk daran, dass du bald in Palma bist. Dort kannst du den langbeinigen Rebhühnern nachschauen."

Sie hatten gerade den Neuengammer Hinterdeich passiert und wollten über eine blau gestrichene Brücke radeln, da kam ihnen ein Streifenwagen entgegen. Der Polizist am Steuer war sichtlich damit beschäftigt, den Wagen ohne Schrammen über die enge Brücke zu steuern, der auf dem Beifahrersitz tippte in sein Handy. Wim hatte sich in die Büsche gedrückt und zitterte so heftig, dass das Schutzblech seines Rades klapperte.

„Mach dir nicht in die Hose, Wim", spottete Jo. „Von denen droht keine Gefahr."

„Ich mach mir nicht in die Hosen, Joachim. Aber ich hab Angst. Lass uns die ganze Sache vergessen. Wir werfen das Geld weg und türmen."

„Du bist verrückt!"

„Wir können über die Wiesen abhauen. Wenn wir ..."

„Schnauze! Wir fahren weiter."

Unglücklich strampelte Wim hinter Jo her, der Abstand zwischen beiden wurde größer und größer. Schließlich hielt Jo an einem Kinderspielplatz und wartete. Das dauerte! Er konnte seinen Ärger kaum noch unterdrücken.

Wim rollte langsam heran, schaute misstrauisch nach links und rechts, da fiel sein Blick auf einen Wegweiser. „Ogottogottogott! Hast du das gesehen, Jo? Da steht ‚Teufelsort' und ‚Altengamme'. Kein gutes Omen."

Jo zuckte nur mit den Schultern.

Endlich zeichnete sich der Elbdeich am Horizont ab. Der Wanderweg endete auf einem Parkstreifen, dahinter lag der Sportplatz des SC Vier- und Marschlande. Und daneben ein Einfamilienhäuschen mit dem blau-weißen Schild „POLIZEI". Jo kniff die Augen zusammen, fixierte das Häuschen, lächelte dann. Offensichtlich war niemand zu Hause.

Weiter hinten mühte sich Wim auf dem Damenrad ab. Er wirkte müde und erschöpft.

Schlappe Socke, dachte Jo, der ist nicht mal für einen kleinen Kassenraub zu gebrauchen.

Endlich war Wim herangekommen. Er stieg ab und blickte sich um. Plötzlich riss er die Augen auf und ließ das Rad auf den Weg fallen. „Polizei! Jetzt sind wir geliefert."

„Keine Panik, Wim. Die sind unterwegs. Steig wieder auf, wir sind gleich da."

„Ich fahr nicht weiter."

„Bist du verrückt geworden? Wir sind fast am Ziel. Die Fähre wartet schon auf uns."

„Ich geb' auf."

Jo blickte ihn kalt an. „Wer den Job nicht zu Ende macht, bekommt keinen Lohn."

„Ist mir egal, Joachim. Ich hab meine Rente, ich brauch das Geld nicht."

„Denk an Mallorca, Wim. An die Mädels. An den Ballermann."

„Mir reicht die Eckkneipe. Und was soll ich mit Mädels? In meinem Alter."

„Auf Mallorca ist es warm, Wim. Das wird deinen Gelenken guttun."

„Ne, ne. Ich bleib hier."

„Du bist ein seniler Trottel!"

„Du bist zwei Jahre älter als ich."
Jo Cool war das Gejammer endgültig leid. Er zog die Pistole und richtete sie auf Wim. „Wer nicht für mich ist, ist gegen mich", sagte er mit rauer, schleppender Stimme.

Wilhelm stand da mit offenem Mund und hängenden Armen, er war weiß wie eine Leiche. Jo fühlte die Kälte in seinen Adern und die Entschlossenheit in seinen Gedanken.

Ich muss ihn abknallen, dachte er, tote Vögel singen nicht. Er stellte sich breitbeinig in die Straßenmitte, zielte kurz, drückte dann schnell und ohne zu zögern den Abzug durch. Ein Schuss peitschte durch die nachmittägliche Stille, Wilhelm schrie auf, riss die Arme hoch, fiel rückwärts in den Graben.

Jo lachte kurz und trocken. Er pustete den Rauch vom Lauf, wie es die Helden in den Western-Filmen machten, damals, als es noch Western im Kino gegeben hatte.

„Du kannst jetzt wieder aufstehen", sagte er nach einer angemessenen Zeit, „es ist nur eine Schreckschusspistole."

Wilhelm kroch auf allen Vieren aus dem Graben. Er richtete sich mühsam auf, stand schwankend vor Jo, Wasser lief aus seinen Hosenbeinen. „Ich komm nicht mit", krächzte er. „Jetzt erst recht nicht!"

Jo verdrehte die Augen, blickte in die Wolken, überlegte. „Gut! Ich brauch dich nicht mehr. Du solltest ja nur den Fluchtwagen fahren. Ich komm alleine zurecht. Aber wehe, wenn du mich verpfeifst. Dann schneide ich dir die Ohren ab."

„Ich verpfeif dich nicht. Ich bin froh, wenn ich mit der

Sache nichts mehr zu tun hab."

Jo Cool griff in den Rucksack und fingerte einen Hunderter heraus. „Du kannst einen ausgeben in der Kneipe. Grüß die Kumpels von mir. Erzähl ihnen, dass ich im Lotto gewonnen habe."

Wilhelm quälte sich aufs Rad.

„Eine Frage noch", rief Jo hinter ihm her. „Warum hast du eigentlich bei diesem Ding mitgemacht?"

„Ich wollt noch einmal was erleben. Bevor ich ins Altersheim muss."

„Es passiert doch gerade was!"

„Das ist mir zu aufregend, das schafft mein Herz nicht mehr."

Während Wilhelm in Richtung Tatenberger Schleuse

trampelte, schob Jo das Rad mühsam zur Deichkrone hinauf. Oben angekommen musste er erst einmal verschnaufen. Er blickte auf seine zitternden Hände und seine schlaffen Armmuskeln.

Beim nächsten Mal sollte ich auf die Sache mit dem Fahrrad verzichten, dachte er.

Am Anleger warteten einige Pkws auf die Fähre, etwas weiter entfernt hatten sich Motorradfahrer versammelt, die hier ihr regelmäßiges Treffen abhielten. Jo trat an die Schranke und schaute zur anderen Elbseite hinüber. Mit einem Mal drängten sich vier Männer an ihn heran. Sie unterschieden sich nicht von den anderen Leuten am Anleger, doch er roch es sofort: Polizisten!

„Sie sind festgenommen", sagt der eine mit dem kantigen Gesicht.

„Tatsächlich?", fragte Joachim, jetzt wieder ganz Jo Cool. „Was werfen Sie mir vor?"

„Fahrraddiebstahl!"

„Das hier ist mein Rad."

„Nein. Das Rad ist Staatseigentum. Wir haben einen Sender darin versteckt. Weil am Bahnhof immer so viele Fahrräder geklaut werden."

„Na gut", gab Jo zu, „ich hab das Rad mitgenommen. Wollte ein letztes Mal im Leben einen Ausflug machen. Ich hätte es bestimmt wieder zurückgebracht."

Der Polizist mit dem kantigen Gesicht schmunzelte. „Erzähl das noch mal auf der Wache, Opa. Dann haben die Kollegen auch was zu lachen."

Was soll's, dachte Jo, als er zum Streifenwagen gebracht wurde, Fahrraddiebstahl ist ein Kavaliersdelikt. Hauptsache, die filzen mich nicht und finden die Pistole und das ganze Geld.

HAMBURG-BERGEDORF

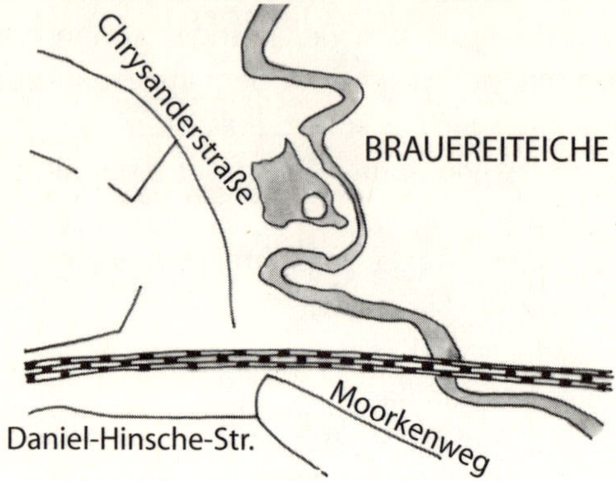

HISTORISCHER LAGEPLAN

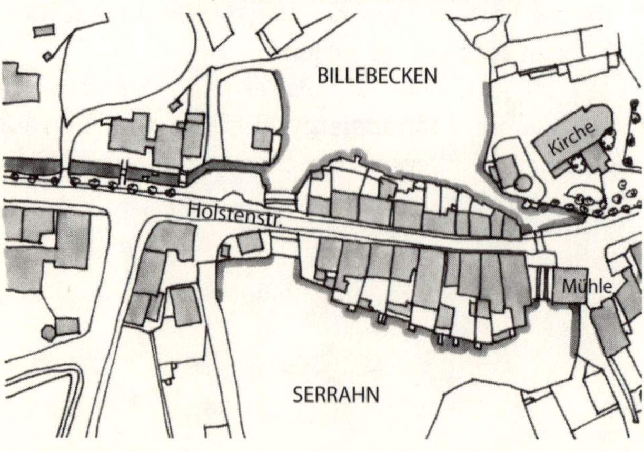

Die Bergedorfer Wachsleiche

Günther Thömmes

„Du musst damit aufhören, verdammt noch eins!“

Zur Bestätigung schlägt der kräftig gebaute Mann mit der roten Knollennase heftig mit der Faust auf den grob gezimmerten, massiven Holztisch.

„Du bist unser gewählter Vertreter, da kann das nicht angehen, was du da tust.“

Der so Angesprochene steht vor dem Tisch, lächelt still und bleibt eine Erwiderung schuldig. Nicht nur die Tatsache, dass er steht, auch seine bessere, sauberere Kleidung zeigt deutlich, dass es einen Standesunterschied zwischen den beiden gibt.

„Was ist, hörst du auf?“ Der grobschlächtige Kerl steht jetzt auch auf und zeigt seine geballte Körperfülle. Er überragt sein Gegenüber um fast einen Kopf, und sein Umfang beträgt beinahe das Doppelte. Drohend baut er sich vor ihm auf. Wütend, zornig ist er, der Speichel sprüht nur so in alle Richtungen. Der gut gekleidete Besucher zeigt seine Abscheu, indem er sich wortlos umdreht und in Richtung der niedrigen Türe geht. Sollten sie sich ärgern, sollten sie toben. Ihm war das Hemd doch natürlich näher als die Hose. Ein gutes, einträgliches Geschäft sollte er aufgeben. Für was? Für wen? Nur um Menschen wie diesem einfachen, ungebildeten Bierbrauer einen Gefallen zu tun? Niemals!

Mit diesen Gedanken befasst, will er den Türknauf ergreifen. Er sieht das schwere Holzscheit nicht kommen, das ihm von oben den Schädel zerschmettert. Lautlos fällt er zu Boden, sofort bildet sich eine Blutlache, die sich wie ein roter Heiligenschein um seinen Kopf ausbreitet und in der sich das dämmrige Licht dieses schönen Spätherbst-Nachmittags spiegelt.

„Was für wundervolle Angelteiche.“

Peer Hulthusen war begeistert.

„Die Teiche wurden in alten Zeiten als Eisreserve für die Bergedorfer Brauereien genutzt. Daher heißen sie bis heute Brauereiteiche“, erwiderte Paul Tennecke, Vorsitzender des Bergedorfer Angelclubs.

„Was kann man denn hier alles so angeln?“, fragte Peer, der sich als Neumitglied des Clubs von Paul, der auch einer seiner neuen Arbeitskollegen war, die Reviere zeigen ließ.

„Der größte Hecht aus dem Brauereiteich in diesem Jahr war knapp über einen Meter groß. Erst letzten Monat gefangen“, berichtete der Vorsitzende nicht ohne Stolz.

Peer war beeindruckt.

„Was gibt's denn noch außer Hechte?“

„Karpfen, werden aber eher selten gefangen. Raffinierte Viecher, zumindest unsere hier. Ansonsten das

Übliche: Schleien, Aale, gelegentlich mal ein Zander."

Hulthusen nickte. Er war ein recht erfahrener Angler. Durch seinen Umzug nach Bergedorf hatte er sein altes Revier bei Kiel verlassen müssen.

„Hört sich gut an. Ich denke, ich werde die Brauereiteiche mal als neues Revier ausprobieren."

„Haben Sie Erfahrung mit Hechten und Karpfen?"

„Ein wenig, bisher habe ich meist Forellen geangelt. Aber wenn es hier keine gibt, kann ich ja umsatteln."

„Karpfenangeln ist nicht einfach, da muss man viel Erfahrung und Gewässerkenntnis haben, um die besonders dicken Exemplare zu erwischen."

Hulthusen klopfte seinem Kollegen gönnerhaft auf die Schulter.

„Das kriege ich schon hin. Ein klein wenig Herausforderung sollte es schon sein. Eigentlich waren die Forellen am Ende schon langweilig. Karpfen sind ja Kämpfer."

Paul nickte zustimmend.

„Über den Geschmack eines Karpfens lässt sich streiten, über seine Eigenschaften als Gegner beim Angeln aber nicht."

Er packt die Leiche in Tücher und wuchtet sie in eine große Holzkiste, die er sonst zum Transport vom Getreidesäcken verwendet. Die Blutlache auf dem steinernen Fußboden saugt er mit einem groben Leintuch auf, er wischt mit Wasser und einem zweiten Tuch nach. Dann ruft er seinen Brauerburschen.

„Komm her, Gerald, hilf mir, die Truhe auf den Karren zu heben."

Der dünne Junge ächzt, als sie gemeinsam die schwere Kiste hinaufwuchten.

„Was habt Ihr da drin, Meister? Wackersteine?“, versucht er einen müden Scherz.

„Geht dich einen feuchten Kehricht an“, kommt die schroffe Antwort seines Lehrmeisters. „Tu, was ich dir sage, und ansonsten hältst du's Maul.“

Lehrling im Bergedorfer Brauhaus zu sein ist beileibe kein Zuckerschlecken.

Der Mann hat nur eine ungefähre Idee, was er mit der Leiche anstellen sollte. Die Ausführung hängt aber sehr davon ab, dass er ungestört sein würde. Zur Not muss er die Nacht abwarten. Einstweilen zieht er den Karren in den Stall, allein, nachdem Gerald zu neugierig zu sein scheint; obwohl die Pferde das Blut wittern und nervös wiehern und mit den Hufen scharren. Die Tat war nicht geplant, der Zorn hat ihn einfach übermannt. Wie so oft schon, nur hat er noch niemals einen anderen Menschen umgebracht.

Er muss nachdenken.

Peer Hulthusen hatte noch nie mit Boilies geangelt. Gehört hatte er schon davon, jetzt war endlich die Gelegenheit da, es einmal selbst auszuprobieren. Dadurch, dass ihm die Brauereiteiche als Angelplatz so ausnehmend gut gefielen, war seine Lust aufs Karpfenangeln enorm gestiegen. Das war doch mal was anderes als eine Forelle, von denen ihm selbst die dicksten Exemplare keinen wirklichen Kampf liefern konnten. Also hatte er sich ein Buch übers Karpfenfischen gekauft und sofort festgestellt, dass er zuerst lernen musste, diese Boilies herzustellen. Dicke, stabile, gekochte – daher „Boilies“ – Köder, die man für die ganz großen Exemplare bis auf Golfballgröße formen konnte und dann über den Teichboden zog, dort wo die großen Karpfen gründelten. Das Schöne am Boilieangeln war zudem noch, dass man entweder Karpfen angelte oder gar nichts. So selektiv waren die Boilies. Keine verschenkten Köder, keine kleinen Fische dran, die man nicht wollte.

So übte er einige Abende lang in seiner Küche, genussvolle – für Karpfen – Boilies zu bauen. Testete so lange, bis sie sich nicht mehr im Wasser auflösten. Und bis er sie am Haar, einer extrem dünnen Schnur, neben dem eigentlichen Haken festbinden konnte. Es konnte losgehen!

Er hoffte, dass die Karpfen beim Gründeln und Durchwühlen des Teichgrundes den unverdächtigen Köder einsaugten, und den dicken Haken daneben gleich mit. So die Theorie. Den Unterschied zwischen Theorie und Praxis merkte er, nachdem er die ersten drei Nächte allein, ohne Gesellschaft, nicht einmal der von panisch mit den Schwanzflossen schlagenden Beutefischen am anderen Ende seiner Angel, verbracht hatte. Die Biester wollten einfach nicht anbeißen. Mochten sie seine Boilies nicht oder gab es am Ende gar keine Karpfen im Teich, waren alle in die Bille abgezogen? Oder gab er nicht genug Schnur, erreichte er den Boden des Teiches unter Umständen gar nicht?

Also setzte er sich eines Abends auf den kleinen Damm, der den Teich von der Bille trennte, und übte sich in Geduld.

Die Nacht ist wolkenlos, und der mitternächtliche Mond spiegelt sich in der Bille und in den mit ihr verbundenen Teichen. Die einzigen Geräusche, die man hören kann, sind die einiger Wölfe bei den gut zwei Meilen entfernten Boberger Dünen und die der wilden Hunde, die vom Bergedorfer Stadtrand aus das Geheul der Wölfe gelegentlich mit lautem Gebell beantworten.

Ansonsten: Totenstille.

Kein Mensch ist unterwegs, alle liegen in ihren Betten. Außer Braumeister Hinrich Puttfarcken, der mit seinem Karren, vor den er sein bravstes, ruhigstes Pferd gespannt

hat, unterwegs zu den Teichen ist. Die halbe Meile von seinem Brauhaus am Sachsentor zu den Teichen, immer nur der Bille entlang, könnte sein Pferd, ebenso wie er, auch blind gehen, so oft sind sie diesen Weg schon gegangen. Auf dem Karren steht die schwere Truhe mit der Leiche drin.

Lange hat er überlegt, ob er sein Opfer in die Bille oder in einen der beiden Teiche werfen sollte. Die Bille hätte den Vorteil, dass der Körper hoffentlich weit abgetrieben würde und somit weg wäre, ein für allemal. Die Gefahr besteht jedoch, dass er sich irgendwo im Ufergestrüpp verfängt und gleich gefunden wird. Nicht, dass er sich davor fürchtet, als Mörder gebrandmarkt zu werden. Den Aufruhr, den dieser Fund verursachen würde, will er jedoch gerne vermeiden. Die Teiche sind tief, viel tiefer als die Bille, mit der sie durch Rohre verbunden sind.

Noch einmal vergewissert er sich, dass sich niemand in der Umgebung herumtreibt. Dann öffnet er die Truhe, wuchtet den mittlerweile steif gewordenen Leichnam heraus und wirft ihn recht pietätlos einfach vom Karren herab ins Gras. Er nimmt die vier an Seilen festgebundenen großen Steine, die er vorbereitet hat, und knotet diese an Armen und Beinen fest. Kurz überlegt er, ob er die teure silberne Kette, die sein Opfer um den Hals trägt, an sich nehmen soll, findet das aber zu gefährlich. Er ist äußerst kräftig gebaut, so packt er den toten Körper unter den Achseln und schleift ihn zu dem kleinen Damm, der die Bille von den Teichen trennt. Dort, wo er die Teiche am tiefsten glaubt, wirft er den Körper hinein.

In wenigen Wochen würde der Teich zufrieren und zugefroren bleiben, bis die Eisfläche im Frühjahr aufgesägt und den neun Bergedorfer Brauhäusern ab dann reichlich Eis zur Kühlung ihrer Bierkeller liefern würde. Bis dahin war die Sache hoffentlich schon vergessen. Er wischt sich die Hände an seiner groben, schmutzigen Leinenjacke ab, nimmt das Pferd am Zügel und führt den Karren stillschweigend zurück in seinen Stall.

Hulthusen zog seine Angel mittlerweile recht routiniert den Teichboden entlang. Er war sicher, nun genug Schnur zu geben, um den Boden wirklich zu erreichen. Es konnte nur noch eine Frage der Zeit sein, bis eines dieser gierigen

Biester anbiss. Da, plötzlich, war etwas am Ende seiner Angelschnur, da war Widerstand! Zum ersten Mal! Begeistert sprang er auf, nahm die Angel fester in beide Hände und zog.

Und zog. Und zog.

Nichts passierte.

Keine Bewegung, die auf einen Fisch hindeutete. Hatte sich der Haken irgendwo am Teichgrund verfangen? Das wäre ärgerlich, weil das in den meisten Fällen den Verlust von Haken und Köder bedeutete. Hulthusen zog erneut. Feste. Die Schnur gab nach. Er holte die Schnur ein. Aber irgendwas hing dran, er konnte das Gewicht beim Einholen spüren.

Was war das denn, was am Ende der Schnur hing? Ein schlammiges Etwas, vielleicht einen halben Meter lang und etwa zwanzig Zentimeter breit, hing statt des gewünschten Karpfens an Peer Hulthusens Haken. An einer Stelle blitzte es metallisch. Ein Knopf? Ein Teil eines Kleidungsstücks?

Hulthusen ließ seinen Fund ins Gras plumpsen und versuchte ihn provisorisch zu reinigen. Der Schlamm saß dick und fest auf dem – was immer es war. Aber es war alt, ohne Frage. Er beschloss, die heutige Angelsession zu beenden und sich seinem Fund zu widmen. Zu Hause, mit fließendem Wasser, war die Reinigung bedeutend einfacher.

Was dann unter dem Wasserhahn zum Vorschein kam, war sehr erstaunlich. Eine Art Kette, bestehend aus vielen, runden Platten, womöglich aus Silber, die von Gliedern aus gleichem Material zusammengehalten wurden.

Die Platten waren verziert – mit Mustern, lateinischen Sprüchen und Wappen. Wer konnte ihm da weiterhelfen? Gab es Historiker in Bergedorf? Oder, am besten: ein Museum?

Am Morgen danach fühlt Puttfarcken sich furchtbar. Er hat keine Ahnung, ob seiner Aktion von letzter Nacht Erfolg beschieden ist. Auf jeden Fall muss er den Unschuldigen mimen. Also stattet er zuerst der Kirche St. Petri und Pauli einen Besuch ab. Ein stilles Gebet mit der Bitte um Gnade und Vergebung muss vorläufig ausreichen. Danach macht er sich auf zum feudalen Wohnhaus des reicheren der beiden Bergedorfer Bürgermeister, das genau auf halbem Weg zwischen seinem Brauhaus – wie alle Brauhäuser zu erkennen an der extrabreiten Tordurchfahrt – und der Kornwassermühle steht, auf der rechten Seite neben der Kirche, bevor der Damm das Billebecken vom Hafen Serrahn trennt. Louise von Anckeln öffnet ihm die Türe und schaut sofort missbilligend, als sie sieht, wer vor ihr steht.

Sie ist noch im Nachtgewand, hat sich nur einen Umhang übergezogen. Ihr hageres, gepudertes Gesicht sieht verschlafen und übernächtigt aus. Ihre Haare stehen in alle Richtungen ab. Sie hat wohl vergessen, ihre Nachthaube aufzuziehen. Unwillkürlich muss Puttfarcken grinsen.

„Was ist so lustig?“, blafft sie ihn an. „Mein Mann ist nicht da.“

„Wo finde ich ihn denn“, fragt Puttfarcken so unschuldig und ahnungslos, wie er kann.

„Er war über Nacht nicht zu Hause“, kommt die ungnädige Antwort. „Vielleicht ist er noch zu Geschäften nach Lübeck gefahren und dort ist es zu spät geworden."

Puttfarcken weiß, dass dies regelmäßig vorkommt. Ganz Bergedorf weiß, dass Bürgermeister von Anckeln lieber außer Haus weilt als zu Hause. Louise von Anckeln hat den berechtigten Ruf als schlimmste Xanthippe der Stadt. Mürrisch, faul und launisch. An niemandem ein gutes Haar lassend. Der einzige Grund, warum von Anckeln bei ihr bleibt, ist ihr Geld, das ihm auch zum Bürgermeisteramt verholfen hat.

„Hat er keine Nachricht hinterlassen, wann er wieder da wäre?"

„Wenn es so wäre, hätte ich Euch das gesagt", keift die Bürgermeistergattin zurück.

„Gut", sagt Puttfarcken mit dem höflichsten Ton, zu dem er fähig ist. „Richtet ihm bitte aus, ich möchte ihn sprechen, wenn er wieder da ist." Er dreht sich grußlos um und verlässt den Grund und Boden des Bürgermeisters.

„Das gibt's doch nicht, wo haben Sie das denn her?" Knut Martensen, Kurator des „Museums für Bergedorf und die Vierlande", war außer sich. „Das ist eine Bürgermeister-Amtskette."

Hulthusen schaute ihn fragend an.

„Ich tippe mal, so aus dem Bauch heraus, auf spätes sechzehntes Jahrhundert. Könnte auch aus der Zeit des Dreißigjährigen Krieges stammen." Verträumt strich der Museumsmensch über die verzierten Silberplatten. „Wo haben Sie das her."

„Aus dem Brauereiteich in der Chrysanderstraße."

Erklärend fügte er hinzu, fast entschuldigend. „Ich war auf Karpfen, mit Boilies." Knut Martensen schüttelte den Kopf, entweder aus Unkenntnis über Boilies oder aus Erstaunen über Hulthusens Fund. „Da müssen wir weitersuchen, unbedingt."

„Wer denn? Taucher?"

„Genau. Vielleicht liegt da unten ja noch mehr. Muss ich mich mal schlau machen, wer so was kann. Sporttaucher?"

Hulthusen nickte und meinte scherzhaft: „Da werden die Karpfen aber Augen machen, wenn sie Besuch kriegen da unten."

Nach vier Tagen werden die Bergedorfer dann doch unruhig. Wo ist ihr Erster Bürgermeister abgeblieben? Nicht, dass Jochim Hoppe, den Zweiten Bürgermeister, die Amtsgeschäfte überfordert hätten. Aber so lange ist von Anckeln noch nie fort gewesen. Gerüchte beginnen zu kursieren. Ist er am Ende seiner grauslichen Xanthippe doch überdrüssig geworden? Jeder hat Mitleid mit ihm, niemand mit Louise von Anckeln. Gleich, was ihm passiert sein mochte, alles ist wohl besser, als mit diesem Weib Bett und Tisch zu teilen. Anfragen nach Lübeck bleiben ergebnislos. Er war seit zwei Wochen nicht dort. Auch in Hamburg ist er nicht gesehen worden. Hoppe ordnet an, noch eine Woche zu warten, dann soll eine Untersuchung beginnen, die sich mit dem Verbleib von Anckelns beschäftigen soll.

Währenddessen sucht Louise von Anckeln auf eigene Faust nach ihrem Mann. Fragt beinah jedermann in der

Stadt nach dem Verbleib ihres Gatten, lässt sich in den Gasthäusern die Gästelisten zeigen, die natürlich unvollständig sind. Fragt insistierend, ob sich irgendwelche Gäste verdächtig benommen hätten, ob zwielichtiges Volk dabei gewesen sei.

Hinrich Puttfarcken steht zu keinem Zeitpunkt in Verdacht, irgendetwas mit dem Verschwinden des Bürgermeisters zu tun zu haben. Dennoch ist ihm nicht wohl in seiner Haut. Hat ihn unter Umständen doch jemand gesehen in der Nacht, als er die Leiche in den Brauereiteich warf? Oder sein Lehrling Gerald: Würde der sich verplappern, dass genau an dem Tag, als von Anckeln zuletzt gesehen worden ist, sein Meister eine schwere, sehr schwere Holztruhe auf den Karren geladen hat? Vielleicht ist es geschickter, eine falsche Fährte zu legen. Auch wenn jemand anderes dann drunter leiden müsste. Da würde er halt dafür sorgen müssen, dass es nicht den Falschen trifft.

Der Bergedorfer Tauchclub machte begeistert mit. Klang das nicht nach Schatzsuche? Dem Traum eines jeden Sporttauchers. Die beiden erfahrensten Taucher durften runter und staunten nicht schlecht, als sie eine ausgezeichnet erhaltene Leiche im Morast des Teichbodens fanden. Genau an der Stelle, die ihnen Hulthusen gezeigt hatte. Nun kamen aber dann doch Polizeitaucher hinzu, die den Körper aus dem See bargen.

An den Ahs und Ohs des erstaunten Publikums, bestehend aus Bergedorfer Tauchern, Hulthusen und neugierigen Anwohnern sowie Journalisten der Lokalzeitung, konnte man erkennen, wie spektakulär der Fund aus dem See war.

Eine Patina aus lehmigem Schlamm verdeckte die zu Tage geförderten Leiche größtenteils. Bis auf das halb verweste Gesicht, das von einer weißen, krümeligen Substanz bedeckt war. Mit den Polizeitauchern herbeigerufene Kriminaltechniker und Forensiker bestätigten sofort, dass die Leiche älteren Datums und eine sogenannte Wachsleiche sei. Dem Publikum, das sich mittlerweile jenseits einer provisorischen Absperrung aufhalten musste, wurde erklärt: „Wenn diese Leiche gleich in den schlammigen Untergrund eingesunken ist, was durchaus passieren kann, wenn sie zum Beispiel beschwert war, dann kommt kein Sauerstoff mehr an sie heran. Dann entsteht die so genannte Fettwachsbildung, wobei sich das Unterhaut-Fettgewebe in Glycerin und Fettsäure verwandelt. Wie bei den Moorleichen." Die kannte ja jeder. Aber wer war die Leiche, und wie alt war sie?

Ein feuchtfröhlicher Abend im „Goldenen Ochsen", der beliebtesten Schankwirtschaft Bergedorfs. Etwa fünfzig Männer, darunter die gesamte Brauerzunft der Stadt, trinken, als gäbe es kein Morgen mehr. Auch einige Bäcker sind anwesend. Es kommt zum Streit, wie eigentlich immer, wenn Vertreter beider Zünfte sich im selben Raum aufhalten. Der Alkohol befeuert die Männer, bald fliegen die Fäuste. Die Brauer schlagen die Bäcker in die Flucht. Hinrich Puttfarcken als Vorsitzender der Bergedorfer Brauergilde gibt eine Lokalrunde aus. Wie ein Fels in der Brandung steht der große, kräftige Mann im Schankraum.

Seine leuchtend rote Knollennase ist weithin sichtbar.

„Auf uns Brauer, danken wir Gott allein schon einmal für den Umstand, dass wir keine Bäcker geworden sind und etwas Anständiges mit unserem Getreide machen."

Gröhlendes Gelächter. Krüge scheppern aneinander. Bier schwappt aus den Krügen.

Ein weiterer Trinkspruch: „Und wir schwören bei Gott: Wenn die Bäcker nicht aufhören, uns bei den Getreidemaßen zu betrügen, schlagen wir sie alle tot."

Applaus aller Brauer.

Die trinkende Meute beruhigt sich wieder. Der Brauer Carsten Schulz erzählt Puttfarcken, er habe heute an der Mühle zwanzig Taler Strafe zahlen müssen.

„Wegen ungehörigen Betragens", schimpft Schulz. „Dabei habe ich mich nur beschwert, weil ich einundsechzig Himpten (altes Getreidemaß, Anm. d. Autors) gemahlen hatte, aber dreiundsechzig versteuern sollte. Dieser verdammte Wähtjen, hol ihn der Teufel."

„Hatte der Wähtjen als Vorsitzender der Bäckerzunft nicht auch Streit mit von Anckeln?", fragt Puttfarcken in die Runde, so unschuldig schauend, wie er nach zehn Krügen Bier noch kann. „Weil der ihm neue Gefäße vorschreiben wollte, damit sie uns nicht mehr bescheißen können?"

Allgemeines Nicken. Da ist sicher was dran...

Es dauert ungefähr zwölf Stunden, dann ist das Gerücht, dass der Bäckermeister Wähtjen Streit mit ihrem Mann gehabt hat, bei Louise von Anckeln angekommen. Just, bevor der auf Nimmerwiedersehen verschwindet.

Bergedorfer Zeitung, 22. November (eigener Bericht):

Sensationsfund im Bergedorfer Brauereiteich

Der Angler Peer Hulthusen vom Bergedorfer Anglerclub zog vor einer Woche beim Karpfenangeln am Grund des Brauereiteiches an der Chrysanderstraße eine alte, silberne Kette aus dem Teich. Dem folgte der Fund einer Wachsleiche, die wohl längere Zeit im morastigen Boden des Teiches gelegen hatte (wir berichteten). Mittlerweile steht zweifelsfrei fest, dass es sich bei der Wachsleiche um den früheren Bürgermeister von Bergedorf, Johann Friedrich von Anckeln, handelt. Die Akten der Bergedorfer Brauerzunft weisen aus, dass von Anckeln im Jahre 1685 heftigen Feindseligkeiten ausgesetzt war. Zum einen protestierten die Brauer heftig gegen ihren Bürgermeister und dessen Frau Louise, die in Hamburg Bier brauen ließen und dies, zum Schaden der ortsansässigen Brauer, in Bergedorf verkauften. Trotz Abmahnung vom Rat der Stadt Lübeck fuhren sie jedoch fort mit ihren Importen aus Hamburg. Zum anderen gab es zwischen der Brauer- und der Bäckerzunft Streit um die korrekte Eichung der Getreidemaße. Ein Streit, bei dem es sogar zu Todesfällen kam. Bürgermeister von Anckeln vermittelte dabei erfolglos und verschwand kurz darauf spurlos. Louise von Anckeln zog einige Zeit später nach Hamburg, nachdem sie den Meister der Bäckerzunft, Johan Jochim Wähtjen, des Mordes an ihrem-

Gatten beschuldigt hatte. Der gestand unter Folter und wurde am Galgen gehängt. Somit ist dank eines Bergedorfer Anglers ein über dreihundert Jahre alter Kriminalfall geklärt.

Anmerkung des Autors:

Die früheren Brauereiteiche der Bergedorfer Brauer an der Chrysanderstraße werden tatsächlich heute vom Angelverein genutzt. Das Brauhaus am Sachsentor, das hier Hinrich Puttfarcken zugeschrieben wird, ist der heutige „Gasthof Stadt Hamburg", ein Blockhouse-Restaurant. Zusammen mit der Kornwassermühle und einigen anderen alten Gebäuden bildet es den historischen Kern Bergedorfs.

In den Unterlagen der Brauerzunft Bergedorfs aus den Jahren 1608 bis 1799 wird berichtet, dass die Brauer 1685 den Bürgermeister von Anckeln heftig bekämpften, weil dieser mit seiner Frau gemeinsam im Hamburg Bier brauen ließ. Beide wurden vergeblich abgemahnt. Auch der Streit zwischen Brauern und Bäckern um die korrekte Eichung der Gefäße für das Getreide sowie mehrere damit verbundene Todesfälle sind Bestandteil dieser Unterlagen.

Der Mord an von Anckeln und die Hinrichtung Wähtjens sind hingegen frei erfunden.

Harburg

Der Bezirk Harburg liegt im Süden von Hamburg und besteht aus 17 Stadtteilen. An den Bezirk Harburg grenzen im Norden und Osten der Bezirk Hamburg-Mitte, im Süden der Landkreis Harburg und im Westen der Landkreis Stade.

Wer das Wasser liebt, ist in Harburg gut aufgehoben. Eine herrliche Freizeitanlage findet man am Außenmühlenteich direkt neben dem Harburger Stadtpark und dem „MidSommerland", dem Freizeitbad mit Wasserrutsche, Therme und Sauna. Im Stadtteil Neuland liegt, nahe der Anschlussstelle Hamburg-Harburg der A 1, der Neuländer See, der neben einem Badestrand und Liegewiesen auch über eine Wasserskianlage verfügt. Und nicht zuletzt der Harburger Binnenhafen, der als Überwinterungshafen für Segelschoner genutzt wird und ein urbanes, lebendiges Hafenquartier ist. Am ersten Wochenende im Juni findet hier seit 2001 das Harburger Binnenhafenfest statt.

Ein kultureller Höhepunkt sind die modernen Ausstellungsräume der Phoenix Art Kulturstiftung – gegründet im Sommer 2001 durch die Phoenix AG und den international renommierten Kunstsammler Harald Falckenberg –, die sich auf einer Fläche von mehr als 4000 qm über zwei Stockwerke erstrecken.

Als wichtige Bildungseinrichtung ist die Technische Universität Hamburg-Harburg zu nennen, die kleinere Technologie-Unternehmen nach Harburg zieht.

HAMBURG-HARBURG

NEUGRABEN-FISCHBEK

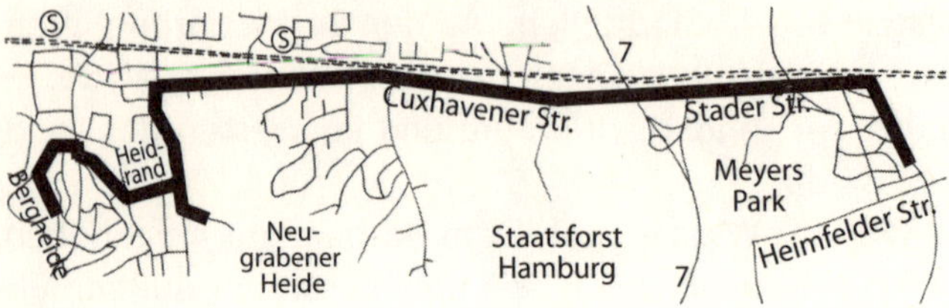

HISTORISCHER LAGEPLAN

Schatz auf dem Falkenberg

Jürgen Ehlers

Endlich Wochenende! Zeit, um sich mal richtig auszuruhen. Aber daraus wird nichts. Das Telefon! Als ich die Nummer auf dem Display lese, bin ich sofort wach. Aber es ist nur Karsten: „Kommst du mit auf eine Schatzgräber-Expedition?"

„Schatzgräber?", sage ich. Es ist neun Uhr; Karsten hat mich aus dem Tiefschlaf geholt. Draußen scheint die Sonne.

„Du weißt doch, dass auf dem Falkenberg der Schatz Störtebekers vergraben sein soll!", behauptet Karsten.

„Unsinn!"

Wir sind doch keine kleinen Kinder mehr, dass wir an vergrabene Schätze glauben! Ich bin vierundfünfzig, genau wie Karsten.

„Glaub mir, wir werden Erfolg haben!"

Wir werden keinen Erfolg haben. Karsten hat schon viele Dinge angepackt, die alle mehr oder weniger schiefgegangen sind. Den Bankenschwindel zum Beispiel, der ihn seinen Job gekostet hat. Meistens ist es besser, wenn man bei Karstens Unternehmungen nicht mit dabei ist.

„Wer kommt denn alles mit?"

„Nur wir drei."

Ich überlege. Wir drei – das heißt Karsten, Bärbel und ich. Die Bärbel ist Karstens junge Frau. Dass er die gekriegt hat, ist so ziemlich das Einzige, was ihm je geglückt ist.

„Na schön, ich komme."

„Jetzt noch nicht! Nachher, wenn es dunkel ist."

„Was?"

„Weißt du denn nicht, was wir für ein Datum haben?"

Ich gucke auf den Kalender. „Sonnabend, den 23. Juni."

„Genau. Nur in der Johannisnacht kann man nach dem Schatz graben."

„Unsinn", sage ich.

Dennoch bin ich zur verabredeten Zeit am Treffpunkt. Nicht wegen Karsten. Aber da ist ja auch noch die Bärbel. Und ich mag Bärbel. Sehr sogar. Ein Vorteil ist es, dass Karsten ganz in der Nähe des Falkenbergs wohnt, in Neugraben. Ich wohne in Harburg, komme über die B 73. Wir treffen uns am Abzweig Falkenbergsweg. Karsten steigt bei mir ein, lotst mich zum Falkenberg. Wir biegen nach ein paar hundert Metern nach links ab. Der Parkplatz ist leer. Niemand will nachts in der Neugrabener Heide spazieren gehen. Niemand außer uns.

„Meine Stute ist schon da", sagt Karsten.

Ja, Bärbel ist schon da mit Hasso, ihrem großen Schäferhund. Die beiden sind zu Fuß gekommen; Hasso mag nicht Auto fahren.

Karsten sagt: „Wisst ihr überhaupt, wo wir hier sind?"

Bärbel schüttelt den Kopf; ihr ist das egal.

„Am Falkenberg", sage ich.

„Ja, am Falkenberg! – Mehr weißt du nicht? Diese Straße hier unten, das ist eine ganz alte Handelsstraße. Die führte ursprünglich von Tostedt her quer durch die Nordheide, vorbei am Falkenberg, dann durchs Moor zur Elbe nach Moorburg. Auf diesem Wege brachten die Bauern früher ihre Hühner oder auch die Eier nach Hamburg auf den Markt."

Ich nicke. Karsten hat als Dauerarbeitsloser viel Zeit, sich mit Heimatkunde zu beschäftigen.

„Diesen Weg benutzte eines Tages auch ein sogenannter Kiepenkerl. Also einer, der eine Kiepe auf dem Rücken trug."

„Wie ein Osterhase", sagt Bärbel.

„Genau. Er war aber zu spät losgegangen, und als er hier beim Falkenberg vorbeikam, da war es schon dunkel. Er ärgerte sich darüber, und außerdem war ihm noch die Pfeife ausgegangen. Er hatte kein Feuerzeug dabei, aber plötzlich sah er, dass da zwei glühende Kohlen am Weg lagen. Er dachte, dass wahrscheinlich ein Schäfer hier sein Feuer gehabt habe und dass noch Glut drin sei. Es war aber der Teufel, der hier sein Feuer angezündet hatte. Und als der Mann sich nach den Kohlen bückte, bekam er einen gewaltigen Schlag in den Nacken, dass er zu Boden stürzte. Er rief: ‚Was soll der Unsinn?', aber als er sich umdrehte, war niemand zu sehen, so dass er achselzuckend weiterging."

„Was blieb ihm anderes übrig", sage ich. Der Teufel ist immer mit im Spiel, wenn Karsten irgendetwas anpackt. „Lass uns gehen, worauf warten wir?"

Ich bin ungeduldig. Wenn ich mir schon die Nacht um die Ohren schlage, dann wenigstens nicht, um mir irgendwelche Sagen anzuhören.

„Alles zu seiner Zeit", sagt Karsten. Er sieht auf seine Rolex. „Es ist noch zu früh. Noch keine Mitternacht. Ich erzähle euch die Geschichte zu Ende. – Als der Mann am nächsten Tag auf dem Rückweg an derselben Stelle vorbeikam, sah er noch die Asche des Feuers. Der Mann rührte mit seinem Stock in der Asche, und da fand er einige Goldstücke. Das waren Schätze des Teufels, die dieser beim Mondschein an die Erdoberfläche gebracht hatte, um sich an ihrem Glanz zu ergötzen. Als der Händler überraschend aufgetaucht war, hatte er blindlings um sich geschlagen, war dann schnell geflüchtet und hatte in der Eile einiges Gold zurückgelassen. Das sammelte der Kiepenkerl nun ein und lebte davon glücklich und zufrieden bis an sein Ende."

„Der Teufel ist nun jedenfalls weg", sage ich.

„Wer weiß? – Der Teufel ist immer in der Nähe, wenn Menschen nachts unterwegs sind", sagt Bärbel.

„Jedenfalls hat er offenbar am Falkenberg Gefallen gefunden", ergänzt Karsten. „Hier stand 1945 ein Außenlager des KZs Neuengamme. Was da für Teufeleien abgegangen sind, das glaubst du nicht. Die Baracken waren noch da, als ich Kind war; heute sieht man nichts mehr davon."

„Du selbst wohnst ja auch am Fuß des Falkenbergs", witzele ich. „Hast du keine Angst, dass die Nähe des Teufels irgendwie abfärbt?"

„Ich wohne ein ganzes Stück ab", sagt Karsten.

„Unser Haus ...", sagt Bärbel.

„Ja, unser Haus", fällt ihr Karsten ins Wort. „Ich weiß, was du sagen willst. Heute ist es natürlich schön ausgebaut. Aber zwei der alten Betonwände stehen noch. Das ist eines der Plattenhäuser, die die Frauen aus dem KZ bauen mussten."

„Frauen?"

„Ja, Frauen. Schwere Arbeit, schlechte Ernährung. Sie haben eine Menge Frauen verbraucht damals. Jüdische Frauen."

„Es färbt ab, das Haus!", sagt Bärbel.

Karsten zuckt mit den Achseln. „Davon habe ich noch nichts gemerkt."

Bärbel schweigt. Ich weiß, dass sie sehr wohl etwas davon gemerkt hat. Sie hat mir die Stellen gezeigt, die sie hatte, am ganzen Körper. Aber es ist nicht der Teufel gewesen oder die Geister verstorbener Nazis, sondern es war Karsten, der sie verprügelt hat.

„In der Sage heißt es, dass Störtebeker und Gödeke Michels auf dem Falkenberg bei Neugraben gehaust haben."

Noch so eine Sage! „Sehr unpraktisch für Seeräuber", sage ich. „Hier gibt es weit und breit kein Wasser!"

Karsten widerspricht. „Hast du dir einmal überlegt, warum dieser Ort Neugraben heißt? Wegen des Neuen Grabens natürlich. Durch den Neuen Graben bestand im Mittelalter eine Verbindung zur Elbe. Die war schiffbar. Das kannst du auf alten Landkarten sehen. Im Staatsarchiv zum Beispiel."

„Du bist extra im Staatsarchiv gewesen deswegen?"

„Ja, bin ich. Und hier ist die Karte!"

Karsten breitet das Blatt auf der Kühlerhaube aus, leuchtet mit der Taschenlampe. „Das ist natürlich ein Nachdruck", sagt er. „Hier ist die Elbe, da ist das Dorf Neugraben und dazwischen der Neue Graben. Gezeichnet von Daniel Frese 1577. Und hier – deutlich eingezeichnet – Schiffe auf dem Neuen Graben."

„Boote“, sage ich.

„Schiffe“, widerspricht Karsten.

Ich lese: „Der Newen Graben. Direkt an diesem Graben stehen zwei schriftliche Einträge: ‚Hier ist Hans Temecke zu Todt geschlagen‘ und ‚Bey dieser Specke oder Brycken ist Heinrich Bode zu Todt geschlagen‘.“

Auch Bärbel hat die Texte entdeckt. „Es scheint keine besonders einladende Gegend gewesen zu sein“, sagt sie.

Da steht noch so ein Satz: „Auf dissem Berg ist Martin Sinsow von dem Hamburgishen erschossen worden.“

„Das ist aber nicht der Falkenberg“, beruhigt uns Karsten. „Der ist hier unten.“

Richtig, da steht es ja: *Der Falckenberg*.

„Jedenfalls lagen Störtebeker und Gödeke Michels hier mit ihren Spießgesellen auf der Lauer. Sie fingen manch reichen Kaufmann und hielten ihn so lange fest, bis die Verwandten für seine Freilassung ein anständiges Lösegeld gezahlt haben. Und da es kein Burgverlies gab, haben sie die Leute einfach eingegraben. Nur der Kopf guckte raus.“

„Teuflisch!“, sagt Bärbel.

„Ja, teuflisch. – Aber irgendwann wurde es den Hamburgern zu viel; sie sind mit Militär angerückt, haben die Burg belagert und schließlich eingenommen und zerstört, dem Erdboden gleichgemacht.“

„Und Störtebeker und Gödeke Michels?“, fragt Bärbel.

„Die Räuber waren weg. Die waren längst durch einen unterirdischen Gang entkommen, und von den Reichtümern fand sich keine Spur. Die sollen sie rechtzeitig in einer tiefen Grube vergraben haben.“

„Und die Hamburger haben nicht nachgegraben?“, frage ich.

Karsten zuckt mit den Schultern. „Sie haben es wohl versucht“, sagt er. „Spuren dieser Buddelei waren im neunzehnten Jahrhundert noch zu sehen. Oben auf dem Gipfel des Berges. ‚Göd sin Kuhl‘ sagten die Leute dazu. Gödeke Michels’ Grube. Aber der Schatz liegt noch dort. Und es heißt, er könne nur in der Johannisnacht geborgen werden. Von sieben Brüdern, die sich noch nie erzürnt haben und die beim Ausgraben nicht miteinander reden. Deswegen sind wir jetzt hier.“

„Sieben Brüder“, sage ich. „Lass uns nach Hause gehen. Wir sind nur zu dritt, und Brüder und Schwestern sind wir auch nicht!“ Manchmal habe ich das Gefühl, dass Karsten ein kleines bisschen irre ist.

„Es ist die Johannisnacht“, sagt er. „Nur darauf kommt es an. – Der Hund bleibt hier!“

Bärbel zuckt mit den Achseln. Jetzt braucht sie den Hund nicht, jetzt hat sie ja mich dabei, denke ich. Aber Hasso will nicht ins Auto. Bärbel leint ihn an einer Kiefer an.

„Die Leine taugt nicht mehr viel“, sage ich.

Bärbel tut so, als ob sie mich nicht gehört hat. Geld ist knapp bei Karsten und ihr. Ab und zu stecke ich ihr etwas zu. Karsten hat ja nur sein Hartz 4, aber er verbraucht mehr als Hartz 4. Ein Schatz käme ihm sicher sehr gelegen. Aber natürlich gibt es keinen Schatz. Und die Leine hält. Hasso setzt sich brav hin und wartet. Karsten nimmt die beiden Spaten aus dem Kofferraum, und wir marschieren los.

Wir lassen die letzten Häuser hinter uns. Die Geest der Harburger Berge ist durch Abspülung und Bodenfließen so stark zerschnitten worden, dass lediglich einzelne Kuppen der ursprünglichen Hochfläche zurückblieben. Eine davon ist der Falkenberg. Die Höhe des Berges und der Nordhang sind, wie ich wusste, durch eine alte Wallanlage befestigt. Das war angeblich die Burg der Piraten.

„Stand hier unten nicht früher ein Haus?“, frage ich.

„Alles längst weg“, sagt Karsten. „Landschaftsschutzgebiet.“

„Und die Gaststätte?“

„‚Zum Störtebeker‘, oben auf dem Gipfel? – Geschlossen und abgerissen. Vor vielen Jahren schon.“

Der Fahrweg auf den Gipfel ist lange nicht mehr benutzt worden. Wir benutzen ihn auch nicht; wir queren ihn nur. Karsten will nicht, dass uns jemand sieht oder hört. Mit seinem Rucksack sieht er aus wie der Kiepenkerl. Inzwischen ist es fast Mitternacht, aber richtig dunkel ist es dennoch nicht. Das Mondlicht reicht aus, um zu verhindern, dass wir blindlings in irgendein Gestrüpp marschieren. Es dauert keine zehn Minuten, bis wir auf dem Gipfel sind. Karsten hat ein ordentliches Tempo hingelegt; ich bin aus der Puste.

Karsten lacht mich aus. „Stolze fünfundsechzig Meter Höhe“, sagt er. „Da wird die Luft für Leute wie dich schon ziemlich dünn!“

Von der abgerissenen Gaststätte ist nichts mehr zu sehen. Die Stelle, zu der Karsten geht, liegt ganz im Westen. Hier muss früher der kleine Parkplatz gewesen sein. Wir fangen an zu graben. Bärbel sieht zu. Sie zündet sich eine Zigarette an. Hübsch sieht sie aus. Viel zu schade für Karsten.

„Erinnerst du dich an die Geschichte mit dem Pferd?“, fragt Karsten. Er hat plötzlich aufgehört zu graben und sieht mich an.

„Welches Pferd?“

„Na, das Pferd damals in eurer Wohnung.“

„Das war nicht in unserer Wohnung, das war bei unseren Nachbarn“, sage ich.

Natürlich erinnere ich mich an die Geschichte. Ich habe sie Karsten ja selbst erzählt. 1946 ist das gewesen, gleich nach dem Krieg. Da haben die Nachbarn über uns ein Pferd geschlachtet. Keine Ahnung, wo sie den Gaul herhatten. Und schwarz schlachten war natürlich verboten. Also musste es heimlich passieren. In der Wohnung. So haben sie denn dem Pferd Handtücher um die Hufe gebunden, dass es nicht so viel Krach macht, und dann haben sie es die Treppe hinauf gezogen und geschoben, Stufe für Stufe, bis in den dritten Stock.

Es war natürlich nicht so leise, wie sie gehofft hatten, und meine Mutter hat es mitgekriegt. Sie hat die Tür aufgemacht, und da marschierte das Pferd an ihr vorbei. Die

Hinzes taten, als ob das die normalste Sache der Welt

wäre, und auch meine Mutter hat so getan, als ob täglich Pferde bei uns im Haus die Treppe rauf und runter liefen, hat nichts gesagt und die Tür wieder zugemacht. Eine Weile später hat es dann in der Wohnung über uns laut gerumst, als sie das Pferd abgestochen haben. Selbst ein mageres Pferd hat ein ganz schönes Gewicht. Ob meine Mutter etwas von dem Tier abbekommen hat, dafür, dass sie den Mund gehalten hat, weiß ich nicht.

Karsten sagt: „Was glaubst du, warum sie das Pferd nicht unten irgendwo abgemurkst haben? Auf dem Hof oder so?“

„Na, das dürfte doch klar sein, oder? Es ist viel einfacher, ein lebendes Pferd die Treppe hochzuschaffen als ein totes.“

„Eben“, sagt Karsten. „Eben.“ Er sieht Bärbel an.

Ich habe noch immer keine Ahnung, worauf das hinauslaufen soll. Unsere Grube ist jetzt gut einen Meter tief. Wir sind durch den Mutterboden durch, auch die oberste Kiesschicht liegt hinter uns, mein Spaten fördert feinen, gelben Sand zu Tage. „Das ist die falsche Stelle“, sage ich. Ich höre auf zu graben.

„Das ist genau die richtige Stelle“, widerspricht Karsten.

Ich schüttele den Kopf. „Guck dir doch das Loch an“, sage ich. „Wie tief sind wir jetzt? Über einen Meter. Wir sind voll im Sand. Der liegt hier so seit der letzten Eiszeit.“

„Seit der vorletzten Eiszeit“, widerspricht Karsten. Er weiß alles besser.

„Wie auch immer. Jedenfalls hat an dieser Stelle vor uns noch nie jemand gegraben. Weder der Gastwirt noch die Archäologen noch Klaus Störtebeker.“

„Gödeke Michels hast du vergessen", sagt Karsten.

„Der auch nicht."

„Der auch nicht", stimmt mir Karsten zu. „Also gut. Hören wir auf. Machen wir etwas anderes. Wenn wir hier in der Erde nichts finden – spielen wir doch einfach Störtebeker. Unsere Bärbel ist der Störtebeker, und du und ich, wir sind jetzt die Hamburger Stadtsoldaten und nehmen den Seeräuber gefangen."

„He, was soll der Blödsinn!", ruft Bärbel.

Sie schmeißt ihre Kippe weg. Sie will weglaufen, aber schon hat Karsten sie gegriffen, und ich komme ihm zu Hilfe.

„Halt sie mal fest!", ruft er mir zu.

Ich halte sie fest. Sie wehrt sich natürlich, aber nicht sehr, es wird eher so eine Art Liebesgerangel zwischen uns beiden daraus, doch sie protestiert ärgerlich, als Karsten ihr die Hände auf den Rücken bindet.

„Was soll das werden?", ruft sie.

Das frage ich mich auch. Ich hatte nie geglaubt, dass Karsten bereit wäre, seine Bärbel für irgendwelche Sexspiele zu dritt freizugeben. Ich hätte nie geglaubt, dass er bereit wäre, sie mit irgendwem zu teilen. Deswegen haben wir uns ja auch immer heimlich getroffen, auf der Arbeit. Bei uns in der Behörde haben wir eine nette Einrichtung, die „Bewegte Pause". Eigentlich ist die dazu da, dass man gemeinsam Gymnastik machen soll. Bärbel und ich haben unsere bewegte Pause etwas anders gestaltet.

Ich habe Bärbel losgelassen. „Was machst du? Was wird das?"

Keine Antwort. Karsten bindet ihr jetzt die Füße zusammen. Er schnauft ein wenig, richtet sich auf, sieht mich an. „Da hast du deinen Schatz", sagt er schließlich.

„Was?"

„Ja, glaubst du vielleicht, ich bin blöde? Glaubst du vielleicht, ich hab nicht gemerkt, dass ihr beide es hinter meinem Rücken miteinander treibt? ‚Babs, mein Schatz!', hast du am Telefon gesagt. Und sonst noch allerlei dummes Zeug."

Ich schüttele den Kopf.

„Das brauchst du nicht abzustreiten, das weiß ich einfach. Ich habe die Gespräche aufgezeichnet. Aber damit ist es jetzt vorbei. Deshalb habe ich euch beide zu diesem netten, kleinen Schatzgräberausflug eingeladen. Und der Ausflug wird ein voller Erfolg. Du hast es selbst gesagt: Es ist viel einfacher, ein lebendes Pferd nach oben zu bringen als ein totes. Babs ist hier. Und nun werden wir keinen Schatz ausgraben, sondern einen Schatz eingraben. Deinen Schatz!" Er packt Bärbel und stößt sie in die Grube.

„Lass den Unsinn!", rufe ich.

Bärbel schreit. Sie versucht, wieder aus der Grube herauszukommen, aber sie schafft es nicht. Wenn man an Händen und Füßen gefesselt ist, ist es schwer, auf die Beine zu kommen.

„Worauf wartest du?", fragt Karsten. Er hält plötzlich eine Pistole in der Hand. „Graben!", sagt er. Der Lauf der Pistole ist auf mich gerichtet.

Ich rühre mich nicht.

„Graben!" Karsten schießt. Sand spritzt auf, unmittelbar neben meinen Füßen.

Ich fahre zusammen. „Du bist wahnsinnig! In zwei Minuten hast du die Polizei hier!“

„Hier hört uns keiner!“ Karsten hebt erneut die Waffe. Zögernd nehme ich den Spaten in die Hand. Ich frage mich, ob ich Karsten damit die Waffe aus der Hand schlagen könnte, aber es ist aussichtslos. Er steht drei Schritte entfernt, und er würde mich nicht an sich herankommen lassen. Zögernd werfe ich eine Schaufel Sand in die Grube.

„Ins Gesicht!“, verlangt Karsten.

Ich schüttele den Kopf.

Keiner von uns hat den Hund kommen hören, aber plötzlich ist er da, der Hasso, Bärbels großer, alter Schäferhund. Er springt Karsten an.

„Verdammte Töle!“, ruft Karsten.

Er schießt. Der Hund bricht jaulend zusammen. Karsten fährt herum, aber da bin ich mit dem Spaten heran, und ehe er ein zweites Mal schießen kann, trifft ihn mein Spaten am Arm. Die Pistole fällt zu Boden. Ich greife danach. Er springt mich an. Ich bekomme die Pistole zu fassen und schieße. Ich schieße das ganze Magazin leer. Am Ende rührt Karsten sich nicht mehr. Ich zittere am ganzen Körper.

Der Rest der Geschichte ist schnell erzählt. Ich befreie meinen Schatz aus der Grube, und gemeinsam legen wir Karsten hinein. Es geht viel schneller, eine Grube zuzuschaufeln als sie auszuheben. Am Ende trampele ich alles platt und streue Laub drüber. Bärbel streichelt ihren armen Hund. Sie weint.

„Wir bringen ihn zum Tierarzt“, sage ich.

Ich habe wenig Hoffnung; Karsten hat das Tier voll

erwischt. Aber Hunde sind zäh. Hasso kommt tatsächlich wieder auf die Beine.

Das ist die Geschichte vom Schatz auf dem Falkenberg. Wenn Sie also auf die Idee kommen sollten, dort selbst auf Schatzsuche zu gehen, kann ich Ihnen garantieren, dass Sie etwas finden werden. Wenn Sie an der richtigen Stelle graben. Nachts natürlich, denn sonst kommt bestimmt einer von den Naturschutzheinis und fragt Sie, was Sie da machen. Aber ein Schatz – also ein richtiger Schatz – ist der Karsten nie gewesen. Sagt jedenfalls Bärbel. Und als Skelett ist er noch weniger wert als lebendig. Allerdings ist da natürlich noch die Rolex, die haben wir vergessen in der Eile. Vielleicht geht die ja noch. Wenn Sie nicht allzu lange warten mit Ihrer Grabung, haben Sie durchaus eine Chance.

Die Autoren stellen sich vor:

Eva Almstädt

in Hamburg geboren und aufgewachsen, hat eine Ausbildung in den Fernsehproduktionsanstalten des Studio Hamburgs absolviert und in Hannover Innenarchitektur studiert. Sie ist Autorin einer Krimiserie über die Lübecker Kommissarin Pia Korittki, die mittlerweile in ihrem achten Fall „Ostseefluch“ ermittelt. Eva Almstädt lebt mit ihrer Familie in Schleswig-Holstein, zwischen Hamburg und Lübeck.

www.eva-almstaedt.de

Ellen Balsewitsch-Oldach

Jahrgang 1955, lebt und arbeitet in Hamburg als Verlegerin, freie Journalistin und Autorin. Ihre Kurzgeschichten sind in Anthologien verschiedener Verlage und in Literaturzeitschriften sowie in einem Band mit eigenen Kurzkrimis erschienen. Sie ist seit Anfang der 2000er Jahre Mitglied bei den Mörderischen Schwestern, auf Bundes- und Landesebene Vorstandsmitglied im Freien Deutschen Autorenverband FDA und Mitglied in einigen anderen Autorenverbänden und -netzwerken.

Dirk-Uwe Becker

1954 geboren. Ingenieurstudium/Beamter. Vorsitzender des Kunstvereins Heide e.V. Kunst-Ausstellungen und literarische Werke seit 1975. Fünf Lyrik-Bände in verschiedenen Verlagen. Zahlreiche Beiträge in unterschiedlichen

in- und ausländischen Anthologien. Mitbetreiber der „Offenen Lesebühne" in Hamburg-Altona. Er ist Mitglied im VS - Verband Deutscher Schriftsteller, HAV – Hamburger Autorenvereinigung, VS – Verband Deutscher Schriftsteller, FDA – Freier Deutscher Autorenverband (Landesverband Hamburg) und in verschiedenen Literatur-Internetgruppen (u.a. Schreiblust www.schreib-lust.de).
www.textfabrique51.de.

Monika Buttler
Journalistin und Autorin, Magistra der Literaturwissenschaft, Germanistik und Philosophie, war viele Jahre lang als Wohnredakteurin tätig. Seit 2001 Kriminalautorin. Kriminalromane: „Herzraub", „Abendfrieden", „Dunkelzeit", „Mord unter dem Halbmond". Über 30 Kurzkrimis, zuletzt ihr Erzählband „Manchmal hilft nur Mord". Hörbuch/Hörspiel: „Ladykiller in Eppendorf". Nominiert für den „International Short Story Competition"-Preis, erster Preis im Literaturwettbewerb „Dorstener Lesezeichen". Die Autorin veröffentlichte außerdem ihre Autobiographie „Das Hitler-Ei". Monika Buttler lebt mit ihrem Mann in Hamburg. Ihr Motto: Scherz, Satire, Ironie und tiefere Bedeutung.
www.monikabuttler.de

Walter M. Dobrow
1952 in Breloh, Lüneburger Heide geboren, lebt seit einiger Zeit in Scharbeutz. Seit drei Jahren widmet er sich seinen Leidenschaften – dem Schreiben und Lesen von Büchern und dem Komponieren, Texten und Singen

von Chansons ... fast immer mit Bezug und handelnd von der See, die ihn inspiriert. Er hat neben zwei historischen Romanen Kurzkrimis in unterschiedlichen Anthologien veröffentlicht. Sein erster Kriminalroman „Schöne Schwester Tod" erschien im Herbst 2011, der zweite wird im Herbst 2012 herauskommen.

Jürgen Ehlers

geboren 1948 in Hamburg, arbeitet als Geologe. Ehlers lebt mit seiner Familie mitten im Wald, unweit von Hamburg. Er ist in Hamburg-Hausbruch aufgewachsen, einen Kilometer vom Ort der Handlung dieses Kurzkrimis entfernt. Seine Geschichte „Weltspartag in Hamminkeln" wurde mit dem Friedrich-Glauser-Preis ausgezeichnet; eine andere gewann den Krefelder Kurzkrimipreis. Ehlers ist Mitglied im Syndikat und in der englischen Crime Writers' Association. Er hat bisher fünf Kriminalromane veröffentlicht.
www.juergen-ehlers.com

Stephanie Fleischer

wuchs in Niedersachsen auf, dann zog es sie in die Ferne. Nach der Schule ging sie für ein Jahr als Au-Pair in die USA, später studierte sie dort ein weiteres Jahr. Nach einem abgeschlossenen Studium der Germanistik führte sie der Journalismus nach Bochum, eine Lektoratstätigkeit nach Wiesbaden, bevor sie dann im Marketing tätig wurde. Inzwischen hat sie sich als Lehrerin in Hamburg niedergelassen. In ihrer Freizeit schreibt sie Kurzgeschichten.

Gunter Gerlach
wohnt in Hamburg mit dem Blick über die Dächer St. Paulis. Miterfinder des Hamburger Dogmas. Veranstalter des wöchentlichen Musik-Quickies und Literatur-Quickies. Veröffentlichung von Romanen und Krimis. Mehrere Literaturpreise, unter anderem Deutscher Krimipreis, Friedrich-Glauser-Preis für Kurzgeschichten.
www.gunter-gerlach.de

Britta Heitmann
kam 2003 über nebenberufliche Veröffentlichungen zu schifffahrtshistorischen Themen zum Schreiben. Ihre Leidenschaft für Krimis bewog sie 2006 dazu, auf die „schreibende Seite" zu wechseln und selbst Krimi-Kurzgeschichten zu verfassen, von denen bereits mehrere veröffentlicht wurden. Aber sie schreibt auch in anderen Formaten, wie z. B. kurzen „Kalenderblättern", oder literarische Kurzgeschichten. Sie ist Mitglied bei den „Mörderischen Schwestern" und in der Hamburger Autorengruppe „Mörderklüngel".

Klaudia Jeske
Die gebürtige Hamburgerin lebt als freie Autorin mit ihrer Familie vor den Toren der Hansestadt. 2011 erschien ihr Krimidebüt „Erben ist menschlich", mehrere Kurzkrimis wurden in unterschiedlichen Anthologien veröffentlicht. Sie ist Mitglied bei den Mörderischen Schwestern, in der Hamburger Autorengruppe „Mörderklüngel" und im Syndikat.

Norbert Klugmann
wurde am 27. August 1951 in Uelzen (Niedersachsen) geboren und lebt mit seiner Tochter Lili in Hamburg. Er studierte bis 1979 in Hamburg (Soziologie, Psychologie, Pädagogik) und arbeitete journalistisch u. a. für ZEITmagazin, Lufthansa Magazin, Merian, Tageszeitungen und Programmzeitschriften. Als Buchautor veröffentlicht er seit den achtziger Jahren Kriminalromane, historische Romane, Jugendromane, aber auch eine Biografie über Heinz Erhardt. Von den gemeinsam mit Peter Mathews geschriebenen Krimis wurden „Beule" und „Vorübergehend verstorben" für das Fernsehen verfilmt.

Jürgen Rath
geboren 1943, gelernter Seemann mit Kapitänspatent, IT-Spezialist, promovierter Historiker, hat sich im vergangenen Jahrzehnt einen Namen als Schifffahrtshistoriker und Autor gemacht. Er schreibt Sachbücher, Romane, Kurzgeschichten und ist Mitglied der Hamburger Autorengruppe „Mörderklüngel". Im Jahre 2011 hat er den ersten Platz in der Sparte Kurzgeschichten des Kulturrings Berlin gewonnen und ist Preisträger des KaroKrimiPreises 2011.

Günther Thömmes
Jahrgang 1963, stammt aus Bitburg in der Eifel. Er erlernte dort den Beruf des Brauers und Mälzers. Danach absolvierte er ein Studium zum Diplom-Braumeister. Heute braut er in Brunn am Gebirge obergärige Bierspezialitäten, versucht aber auch gelegentlich, historische, ausgestorbene Biersorten zum Leben zu erwecken. 2008 gab er

sein Debüt als Romanautor mit dem historischen Roman „Der Bierzauberer", dem bislang zwei weitere Romane und drei Kurzkrimis folgten.
www.bierzauberer.info

Regula Venske

geboren 1955, Dr. phil., lebt als freie Schriftstellerin in Hamburg und „gehört zu Deutschlands ungewöhnlichsten Krimiautoren, deren Romane großen Unterhaltungswert besitzen" (Literaturmarkt.info). Für ihre Romane und Erzählungen wurde sie u. a. mit dem Oldenburger Jugendbuchpreis, dem Deutschen Krimipreis und dem Lessing-Stipendium des Hamburger Senats ausgezeichnet. Auch als Moderatorin hat sie sich einen Namen gemacht und begleitet regelmäßig internationale Autoren auf Lesereisen. Zuletzt erschienen ihre Romane „Der Bajazzo" und „Ein allzu leichter Tod" sowie die Krimikomödie „Bankraub mit Möwenschiss".
www.regula-venske.de

Angelika Waitschies

wurde 1954 in Hamburg geboren und lebt in Norderstedt. Nach der Ausbildung zur Fremdsprachenkorrespondentin und Bürokauffrau begann sie 1972 ihre berufliche Tätigkeit beim NDR in Hamburg, wo sie seitdem arbeitet. Vor drei Jahren startete sie mit dem Schreiben von Kriminalromanen, das erste Buch einer Serie ist fertiggestellt und einige Kurzkrimis wurden in verschiedenen Anthologien veröffentlicht. Die Autorin ist Mitglied der „Mörderischen Schwestern". www.angelika-waitschies.de

Platz für Ihre Notizen

Auf den folgenden Seiten möchten wir Ihnen wie bei unseren anderen „*kriminellen* Reiseführern“ die Möglichkeit geben, sich eigene Notizen zu den einzelnen Geschichten und den hierin genannten Orten zu machen. Ob es sich hierbei um eine von Ihnen geplante Besichtigungstour, den Termin für eine Tatortlesung oder ein anderes Veranstaltungsevent handelt, bleibt ganz Ihnen überlassen.

Hamburg-Mitte

Altona

Eimsbüttel

Hamburg-Nord

Wandsbek

Bergedorf

Harburg

Bücher aus der Reihe „Kriminelle Reiseführer“

„Mörderische Ostsee“
Band 1: Lübecker Bucht

Hrsg. Dietlind Kreber
ISBN: 978-3-9813966-0-7
11,– Euro, 192 Seiten
mit Kurzkrimis von Eva Almstädt, Michael Mehrgardt, Petra Tessendorf, Ute Haese u. a.

„Mörderische Ostsee“
Band 2: Fehmarn – Kiel

Hrsg. Petra Tessendorf
ISBN: 978-3-9813966-4-5
11,90 Euro, 224 Seiten
mit Kurzkrimis von Andrea Tillmanns, Walter M. Dobrow, Petra Tessendorf u. a.

Ostsee-Kurzkrimis

„Mörderische Ostseegerichte"
Hrsg. Dietlind Kreber
ISBN: 978-3-9813966-1-4
11,90 Euro, 224 Seiten
mit Kurzgeschichten von Lena Johannson, Eva Almstädt, Jürgen Vogler u. a.

Mit Originalrezepten zum Nachkochen!

„Strandkorbkrimis"
Hrsg. Dietlind Kreber
ISBN: 978-3-9813966-2-1
9,90 Euro, 192 Seiten
mit Kurzkrimis von Petra Tessendorf, Jürgen Rath, Walter M. Dobrow u. a.

Ostsee-Kriminalromane

„Schöne Schwester Tod“
von Walter M. Dobrow
ISBN: 978-3-9813966-3-8
11,90 Euro, 224 Seiten

Ein temporeicher, erotischer Kriminalroman von der Ostseeküste, der den Leser mit immer neuen Wendungen in Atem hält.

Demnächst:

„Die Mumien von Timmendorf“
von Norbert Klugmann
- Ein Jugendkrimi -

Lili findet durch einen Zufall heraus, was den herzkranken Niklas und die Tablettenmafia verbindet. Dann überschlagen sich die Ereignisse: Ihr Freund Dosto gerät in Gefahr! Um sein Leben zu retten, ruft sie die Timmendorfer Robin-Hood-Bande „Baltische Blitze“, zur Hilfe, deren Anführerin sie ist. Ein Wettlauf mit der Zeit beginnt ...